외로움을 씁니다

1%의 외로움, 나만 아는 이야기

김석현 지음

서랍의날씨

1%의 외로움은, 나 자신을 위한 감정이다.

#외로움이라는뫼비우스의띠 #디지털대체재 #혼술사회일본 #발코니부재의사회
#날계란의나비효과 #약간매운맛 #새콤달콤한외로움의과일 #일상의랜덤박스
#동물의숲 #마케터의소비자분류법 #헤밍웨이의달콤씁쓸함 #하루의음료 #외로움의상대성원리
#맥락있는음주 #비혼주의자의루틴 #생일선물의패러독스 #유튜브프리미엄 #비밀의숲
#외로움의스킬셋 #데미그라스소스 #소울푸드의필요조건 #외로움의온도 #언택트시대의비대면바
#그랑콩포르 #자유의반대급부 #팬덤의이해관계 #각성도시서울 #집단적개인주의 #타인의취향
#슈프림의목요일 #나의브랜드애착 #화학조미료같은감정 #모두같은달을보지만서로다른꿈을꾼다
#슬기로운자존감회복법 #알프스대도시취히리 #디지털손맛 #빈티지구매의합리성
#참견의해석 #과시적외로움 #기대의기대의기대 #그리운나폴리탄 #혼술의정당화
#잉여의가치 #어른들의네잎클로버 #관계의물리학 #출구전략 #슈가맨 #사회적동물의아이러니

차
례

프롤로그
1%의 외로움에 대하여 _6

아침과 바게트 _36
파리의 와인가게 _66
라비올리 한 접시 _96

가장 외로운 여행지 _134
카페의 온도 _176
어른의 외로움 _216

에필로그
쓸 수 있다면 _242

외전
카모메 식당 _244

1%의 외로움에 대하여

외로움이라는 감정에 무딘 편이다. 아니, 무디다고 믿어왔다. 나는 혼자 시간 보내는 데 능숙하다. 혼자 산책하기, 혼자 밥 먹기, 혼자 술 마시기, 혼자 영화 보기, 혼자 여행하기 등 대부분의 사람들이 누군가와 함께하고 싶어 하는 일들도 혼자 문제없이(?) 해낸다. 당연히 혼자 있는 상황을 반길 때도 많다. 세상 사람을 두 부류로 나누라면 혼자 있는 걸 즐기는 사람과 그렇지 않은 이들로 나눌 수도 있을 듯하다. 내가 혼자를 즐기는 데는 타고난 성향도 있을 것이다. 게다가 혼자 놀 거리는 점점 많아지는 반면 혼자 있을 시간은 늘 부족한 세상이다. 나에게 혼자란 외로움이 아니라 소중한 공백이며 어느 정도 희소성 있는 시간이다. 덕분에 외로움과 거리를 두며, 외로움에 무심한 채 살 수 있었다.

그런 내가 외로움이라는 감정을 인지하게 된 건 순전히 파리 때문이다. 파리가 외로운 도시라고? 파리 하면 에펠탑과 샹젤리제를 가장 먼저 떠올리는 사람들은 공감하기 어려울지도 모르겠다. 하지만 파리의 사계절을 겪어본 사람이라면 누구나 안다. 파리는 사실 외로운 도시란 걸.

우선 날씨가 문제다. 특히 파리의 겨울 날씨는 꽤 변덕스럽다. 늘 흐리고 수시로 추적추적 비가 내린다. 겨울철에 잠시라도 해가 나면 모든 파리 사람들이 공원으로, 노천카페로, 거리로 나서는 이유다. 기온만 보면 서울보다 덜 춥지만 습도가 높아 체감온도는 더 낮다. 낡은 난방 시스템 때문에 실내가 추운 것도 한몫한다. 변덕스럽고, 해가 없으며, 습도까지 높은 파리의 겨울은 춥고 외롭다. 가장 날씨 좋은 시기에 파리를 방문하는 여행자들, 파리의 파랗고 높은 하늘만 기억하는 이들은 결코 상상할 수 없는 모습이다.

이 도시의 사람들도 외로움을 더하는 요소다. 파리 사람들은 세상에서 가장 철저한 개인주의자다. 결혼 대신 팍스PACS라는 동거제도를 선택할 정도로 자신만의 영역을 중요시하는 그들이 타인에게 큰 관심을 보이는 일은 드물다. 가족 및 친구들과 떨어져 파리에서 생활하는 이방인들은 더욱 외로울 수밖에 없다.

더 큰 난관은 이 외로움을 파리가 아닌 다른 곳에 사는 지인들에게 이해받기 어렵다는 사실이다. 그들에게 파리는 세상에서 가장 아름답고 낭만적인 도시일 뿐이다. 그런 파리에 살아보는 특권(?)을 누리는 자가 외치는 외로움은 공감을 얻기 어렵다. 즉 파리에 사는 것만으로도 '몰이해'의 상황에 놓인다. 이 역시 외롭다. 그렇다. 내가 처음 접한 외로움은 가장 아름다운 도시에 사는 대가로 내야 할 세금 같은 거였다.

처음 겪는 감정 앞에서는 누구나 당황하기 마련. 파리에서 외로움을 마주한 나 역시 다르지 않았다. 타국에서 온 나는 외로움을 토로하고 위로받을 지인이 많지 않았다. 생각해보면 외로움이란 가까운 사람일수록 오히려 드러내기 어려운 감정이다. 누구에게나 '나만 아는 외로움'이 있는 이유다.

다만 인간은 이성적 존재이므로 곧 자신의 감정을 직시하고, 상황에 적응하고, 대안을 모색한다. 물건을 사거나, 먹고 마시는 데 탐닉하거나, 게임을 하거나, 친구를 사귀거나. 모두 외로움에서 벗어나기 위한 시도들이다. 물론 모두 도움이 된다. 내 경우 의외로 효과가 없었던 건 읽기, 의외로 도움이 되었던 건 쓰기였다. 외로움에는 타인의 유려한 글보다 나의 서툰 글이 더 위로가 된다는 사실을 이때 알았다.

글쓰기는 사실 어렵다. 나처럼 평소 글을 쓰지 않던 사람에게는 더욱 그렇다. 하지만 한 줄 한 줄 써내려가다 보면 어느덧 써지는 것이 또 글이다. 쓰는 행위에는 집중력이 요구되고, 집중하는 과정에 몰입이 발생한다. 그렇게 외로움을 잊게 된다. 게다가 쓰기는 기본적으로 채우는 행위이기에, 무언가를 남겼다는 데서 오는 성취감도 힘이 된다.

무엇보다도 내 얘기를 들어주는 사람이 생겼다는 순수한 기쁨이 외로움을 덜어준다. 글을 쓰다 보면 누구나 자신의 글을 읽게 된다. 공들여 쓸수록 여러 번 읽게 된다. 글 쓰는 자신만큼 내 글을 꼼꼼히 읽어주는 사람은 없다. 모든 글의 첫 번째 독자는 쓰는 나 자신이다. 즉 글을 쓴다는 건, 내 이야기에 높은 관여도를 갖고

들어주는 한 사람이 생긴다는 걸 의미했다. 그래서 나는 파리에서 글을 쓰기 시작했다. 조악한 글이었지만 매일 썼고, 쓰기 위해 읽었다. 블로그에, 페이스북에, 브런치에, 인스타그램에 글을 올리기 시작하면서 나 말고도 내 글을 읽어주는 사람이 생겨났다. 몇 년간 꾸준히 글을 쓸 수 있었던 동력은 파리라는 도시가 주는 외로움이었다.

외로움에 관해 쓰기 시작한 건 사실 어느 정도 외로움이 가신 후였다. 글쓰기를 통해 심리적 여유가 생기자 비로소 외로움을 관조할 수 있게 되었고, 덕분에 나의 외로움을 복기할 수 있었다. 일부러 시간을 낸 건 아니었다. 이동 중에, 식사 중에, 자기 직전에라도 외로움과 마주치면 기록을 남겼다. 하루 일과를 쓰듯 그날 느꼈던 외로움과 그에 대한 생각을 적고, 더러는 내 일상을 외로움의 관점으로 바라보고 해석하고 기록했다.

외로움은 고정되지 않은, 상황에 따라 변하는 감정이기에 '관찰 가능하다'는 장점(?)이 있다. 나는 언제 외롭다고 느끼는지, 다른 사람은 언제 그런지, 외로움이 우리 삶에 어떤 영향을 미치는지 나름대로 정리했다. 그러다 보니 더러는 외로움을 다룬 글인데 외로움에 관한 글처럼 읽히지 않는 것 같기도 하다.

외로움에 관한 짧은 글들은 죄다 종이나 키보드가 아닌, 접근성 높은 아이폰으로 썼다. 그편이 더 좋기도 했다. 현대인과 가장 친밀한 도구, 신체적 접촉은 물론 교감도 가장 많이 하는 대상, 외부 세계와의 접점인 동시에 내 자아가 고스란히 담긴 물건은 단연코 스마트폰이니까.

외로움에 대해 썼다고 해서 극적인 변화는 없었다. 철학 책을 읽는다고 하루아침에 철학자가 될 수 없는 것처럼, 글을 쓰면서 때로는 외로움과 가까워졌지만 때로는 더 멀어졌다. 다만 분명한 건, 외로움에 대한 내성이 생겼다는 사실이다. 아이러니하게도 쓰기를 통해 외로움과 친해지면서 외로움에서 자유로워질 수 있었다. 내 외로움의 속성도 좀 더 또렷하게 알게 되었다. 내가 어떤 상황에서, 누구와 있을 때, 어느 수준의 외로움을 느끼는지.

그러니 한 번쯤은 자신의 외로움에 대해 써보기를 권한다. 우리 모두에게는 각자만의 외로움이 있다. 누군가로부터 위로받더라도 가시지 않고 남아 있는 외로움이 1%쯤은 있을 것이다. 외로움을 말끔히 날려버리는 건 불가능하다 해도, 누구나 마음만 먹으면 덜 외로워질 일상의 장치를 찾아낼 수 있다. 외로움이라는 마음의 공백을 관찰하고 채워가는 과정에서 자연스럽게 나를 위한 시간을 갖게 된 것, 내가 끝까지 즐겁게 해주어야 하는 사람은 '나'임을 알게 된 것, 모두 외로움을 쓰면서 얻은 수확이다.

이 책이 당신에게 효용가치 있는 물건이 되길 바란다. 누군가에게 오롯이 자신의 외로움을 탐구하는 기회가 되기를, 나아가 외로워도 괜찮다는 무언의 위안이 되기를 희망한다. 외로움에 대해 썼지만 결국 이 글은 나와 가까워지는 과정의 기록이기 때문이다.

이 책을 잘 읽기 위한 짤막한 안내

이 책에 실린 짧은 글들은 개인적인 동시에 '외로움'이라는 필터로 세상을 바라본 관찰 혹은 해석이기도 합니다. 글을 쓰는 디지털 지면(?)으로 인스타그램이라는 플랫폼을 최대한 활용한 만큼 누군가의 SNS를 들여다보는 기분으로 읽어주시면 좋겠습니다. 또한 모든 일이 그러하듯 외로움에도 '나만의 기준'이 존재합니다. 굳이 글들을 주제에 맞게 나누지 않은 이유입니다. 어디서부터 읽으셔도 무방합니다.

긴 글은 굳이 표현하자면 저를 외로움에서 자유롭게 해준 일상의 장치이자, 저의 외로움을 좀 더 깊게 들여다볼 수 있었던 시간에 관한 이야기입니다. 순도 100%의 외로움은 아니지만 1%의 외로움, 나만 아는 이야기라는 주제에 걸맞은 글들을 담았습니다. 읽으면서 여러분의 외로움, 아니 이야기를 쓰고 싶어지길 바랍니다.

현대사회의 가장 큰 화두는 '외로움'이라 생각한다.
고로 나는 소비자를 크게 두 가지 유형으로 나눈다.
외로운 소비자와 외롭지 않은 소비자.
전자에게서는 외로울 때 그들이
어떤 소비를 하는지 관찰하고,
후자에게서는 그들은 왜 외롭지 않은지를 관찰한다.
#마케터의소비자분류법

외로움에도 유행이 있다.
가령 최근에는 혼자여서 느끼는 외로움보다
같이 있을 때 느끼는 외로움이 더 공감을 얻는 듯하다.
〈고독한 미식가〉, 〈혼술남녀〉에 등장하는
혼자인 사람들은 크게 외로워 보이지 않는다.
모든 것이 그렇듯 외로움도 유행이 되면 덜 외로울 수 있다.
#나혼자산다

종종 사람들에게 묻는다. "외로움이 뭐라고 생각해요?"
이때 사람들의 대답이 재미있다.
외로움이 무엇인지 정의하는 대신
자신이 언제 외로운지 말한다.
사랑이 뭐냐고 물었을 때와는 반응이 사뭇 다르다.
외로움을 정의하기 어려운 이유는
같은 외로움이라도 상황에 따라 색채가 달라지기 때문이다.
외로움이라는 '상황'을 관찰하기 시작한 것도,
외로움을 외롭다고만 느끼지 않게 된 것도
이것을 알게 되고서다.

#다자키쓰쿠루

• 무라카미 하루키의 소설 《색채가 없는 다자키 쓰쿠루와
그가 순례를 떠난 해》의 주인공 다자키 쓰쿠루는 어울리는
친구들 가운데 자신만이 색채가 없다고 생각함으로써
스스로를 소외시키는 인물이다.

혼자 일하는 이들이 카페를 업무공간으로
택하는 데에는 여러 이유가 있겠지만,
개인적으로는 '소음' 때문에 카페에서 일하기를 즐긴다.
카페에는 외로운 사람들과 덜 외로워지고 싶은 사람들이
만드는 소음이 존재하며,
소음은 혼자 일하는 외로움을 상쇄해준다.
심리학적으로 굳이 표현하자면
'mere belonging' 효과가 존재하는 듯.

#착한소음

• Mere Belonging '단순 소속감.' 대화나 신체적 접촉을
비롯한 그 어떤 상호작용도 없이 전혀 모르는 타인들 사이에
존재하는 것만으로도 느끼는 약한 강도의 소속감을 뜻하는
심리학 용어.

을지로가 '힙지로'가 된 것도, 펭수의 인기도,
퇴사에 대한 사회적 관심도
모두 한국 사회의 외로움 때문이라 우겨본다.
재미있는 사실은 어떤 사회적 트렌드가 되었든
그 원인을 외로움이라 해도 터무니없지 않다는 것.
외로움 자체가 거대한 사회적 담론이 되었기 때문일까,
외로운 사람이 너무 많아진 탓일까.

#트렌드코리아

외로움의 사전적 정의는
'혼자가 되어 쓸쓸하고 적적한 마음.'
그런데 쓸쓸함의 사전적 정의는
'외롭고 적적한 심리 상태.'
이것만 봐도 외로움을 제대로 규정하는 게
얼마나 어려운지 알 수 있다.
오롯이 받아들이기란 더욱더 어렵고.

#외로움이라는뫼비우스의띠

공항이라는 공간은 매력적이다.
누구나 공항에서는 자기만의 이야기를 쓴다.
알랭 드 보통의《공항에서 일주일을》이나
스티븐 스필버그의 〈터미널〉 같은 작품처럼.
두 작품에서 공항이 사람과 사람 간의
만남이 이뤄지는 곳으로 그려졌다면,
나에게 공항은 새로운 도시와 만나고 이별하는 곳이다.
살짝 애틋하면서도 쓸쓸한,
여행하면서 정든 도시를 떠나기 직전에 잠시 머무는 곳.
말하자면 여행자와 여행지의 접점.

#마드리드바라하스공항

• 마드리드 바라하스 공항 스페인 수도 마드리드의 유일한
공항으로 영국 최고의 건축상으로 불리는 스털링 상을
수상했다. 특히 신축된 4터미널은 대나무 소재를 활용한
유기적 디자인으로 유명하다.

유럽인들 중에는 향에 돈을 아끼지 않는 이들이 많다.
향수, 바디워시, 디퓨저, 아로마 캔들, 와인, 커피 등.
한 사회가 경제적으로 성장하면
사회의 외로움 지수도 높아지는데,
향은 외로움을 줄여주는 꽤 가성비 좋은 수단이기 때문.
#산타마리아노벨라

• 산타 마리아 노벨라Santa Maria Novella 1221년 이탈리아
피렌체에 자리잡은 도미니크 수도회 수도사들이 키운 약초로
상비약과 화장품을 만들어 판 것이 시초. 은은하고 부담스럽지
않은 향이 특징이며 외로움 해소에도 적격이라 생각한다.
개인적으로는 원액 비율이 높아 향이 강한 퍼퓸보다는
원액 비율이 낮은 콜론을 선호.

바이레도BYREDO라는 럭셔리 향수가 있다.

인도인 어머니와 캐나다인 아버지 사이에서 태어난

스웨덴 청년 벤 고햄Ben Gorham이 어머니의 고향인

인도에서 얻은 영감과 감흥을 바탕으로 만든 브랜드.

어쩌면 향수를 만드는 조향사는 외로운 사람에게 적합한,

아니 유리한 직업인지도 모르겠다.

그리운 추억을 향으로라도 간직하려는 사람들일 테니.

바이레도의 첫 향수 그린Green역시 벤 고햄이

어릴 적 이혼으로 가족을 떠난 아버지에게서 나던

초록색 완두콩 냄새를 떠올리며 붙인 이름.

#향수의도시그라스

• 그라스 프랑스 남부 프로방스 지방의 도시. 각종 꽃과
허브가 풍부하다. 16세기부터 가죽산업이 발달했는데,
가죽에서 나는 지독한 냄새를 지우기 위해 향료산업도 함께
발달했다고 한다. 우리에게도 익숙한 향수 및 화장품
브랜드(가령 록시땅)들이 그라스에서 다양한 제품을 생산한다.
파트리크 쥐스킨트의 소설 《향수》의 배경이기도.

• 바이레도가 가장 럭셔리한 향수 브랜드 중 하나로 꼽히는
이유는 원료의 수를 제한하여 향수 하나하나에 명확한
정체성을 부여하기 때문. 조합의 제약이 가치의 상승으로
이어지는 연결고리가 흥미롭다. 럭셔리 브랜드임에도
대중적인 스웨덴 가구 브랜드 이케아와
활발하게 협업한다는 점도 특색 있다.

경제적으로 성장하는 시기에는 외로움을 덜 탄다.
물질적 성장이 심리적 허기를 채워주기 때문이다.
그러다 사회의 경제적 성장이 정점을 찍으면
사람들은 비로소 외로움을 꺼내놓기 시작한다.
이때 누군가는 경제적 성장 대신 마음의 허기를 채워줄
무언가를 제시해 돈을 번다.
게임이나 소셜미디어 같은 가상공간이 대표적으로,
이들 역시 성장 시스템을 기반으로 삼는다.
게임 캐릭터의 레벨업, 페이스북의 좋아요,
인스타그램의 팔로워 수 등은 성장의 지표가 된다.
외로움이 훌륭한 비즈니스 모델인 이유.

#디지털대체재

직장은 본질적으로 외로운 공간이다.
같은 공간에서 일하는 사람들에게 이해받지 못하는 기분은,
겪어본 사람만이 아는 외로움이다.
정직원과 '심리적 파티션'을 사이에 두고 앉은 인턴은 외롭다.
취준생과 회사원의 경계에 있는 신입사원은 외롭다.
이제 회사에 적응했나 싶었는데 슬럼프에 빠져버린 대리는
외롭다. 이대로 평생 부장처럼 살아야 하나 비관하는 과장도
외롭다. 이제는 패기 있게 사표를 쓸 수 없는 부장도 외롭다.
드라마 〈미생〉처럼 아름다운 장면이 존재하지 않는 걸
깨닫게 된 모든 직장인은 외롭다.
#스토브리그

이럴 때가 있다. 매일 야근으로 점철된 바쁜 한 주를
보냈는데 정작 금요일에는 정시 퇴근이 가능한 날.
다소 지쳐 있기에 사람을 만나고 싶지는 않지만
그렇다고 곧장 집에 들어가고 싶지도 않다.
어딘가 너무 시끄럽지도, 그렇다고 너무 조용하지도 않은
나만의 공간에 들러 양은 적어도 맛 좋은 안주와
술 한잔 하며 한 주 동안 열심히 산 나를 격려해주고 싶은
마음이랄까. 문제는 서울에 적절한 공간이 없다는 것.
너무 시끄럽거나 너무 조용한 공간에 비해
적절하게 시끄러운 공간은 많지 않다. 용케 찾았다 해도
혼자 가면 식당에 폐를 끼치는 느낌이 들고. 도쿄의 금요일
(혹은 교토, 오사카, 삿포로, 후쿠오카의 금요일)과
서울의 금요일 감성이 다른 또 하나의 이유.

#혼술사회일본

《가끔은 격하게 외로워야 한다》라는 책이 있다.
나 또한 격한 외로움이 그 후의 삶에 도움이 된다고 믿지만,
굳이 권하고 싶지는 않다. 외로움의 맛을 택할 수 있다면
진한 맛보다는 마일드한 맛이 좋다. 고생 끝에 낙이 온다는
말도 있지만 고생의 크기와 낙의 크기가 비례하는지도
모르겠고.

#약간매운맛

• 식당에서 매운 요리를 시킬 때면 보통맛이나 매운맛 대신
약간 매운맛을 택한다. 급격한 오르막이나 내리막보다
완만한 오르막을 택한다. 내가 생각하는 이상적인 인생의
맛이자 길이다.

여행하다 든 생각.

남부 유럽, 외로움이 존재하지 않는 사회.

프랑스, 외로움에 냉소적인 사회.

네덜란드, 외로움 해소에도 효율성을 고려하는 사회.

북유럽, 추운 건지 외로운 건지 모호한 사회.

스위스, 외로움에 대한 시스템이 갖춰진 사회.

고로 외로움에 관한 여행이라면 스위스를 추천.

두 번 추천.

#스위스안락사

• 스위스는 안락사를 허용하는 대표적 국가다.
외로움으로 자살하는 이들이 증가하는 현상에 대한
스위스 나름의 대응법 중 하나. 높은 시청률을 기록한 드라마
〈사랑의 불시착〉에서도 손예진(윤세리)이 안락사를 요청하러
스위스를 방문한 에피소드가 나온다.

〈대니쉬 걸〉은 세계 최초로 성전환 수술을 받아
여성이 된 덴마크 화가 에이나르 베게너Einar Wegener 를
다룬 퀴어영화다. 이 영화의 특별한 지점은
사람들이 불편해할 수 있는 주제를 드러내기 위해 그 외의
모든 것을 아름답게 묘사했다는 점이다. 영화에 등장하는
배우들도, 의상도, 건물과 공간도, 주인공들의 집이 위치한
뉘하운 항구도, 1920년대를 배경으로 하는 코펜하겐
경관도, 영화음악마저 아름답다. 그럼에도 정체성 혼란을
겪는 에이나르와 그를 이해하고자 노력하는 아내의
외로움만은 감춰지지 않는다.

#미래도시코펜하겐

• 유럽 내에서도 환경, 정치, 교육, 인권 등 여러 측면에서
가장 진보적인 도시로 평가받는 코펜하겐에서는
미래에 조금 먼저 도착한 기분을 만끽할 수 있다.
유럽 여행지로 가장 추천하고 싶은 도시.

유럽의 집에는 으레 발코니가 있다. 대부분 책을 읽거나
커피를 마시거나 술을 마시는 공간으로 활용된다.
때로는 음악을 듣기도 한다. 유럽 사람들은
발코니뿐 아니라 집 곳곳에 그런 공간을 마련해둔다.
나만의 안식처를 만들어두는 거다.
넓을 필요도 없다. 때로는 의자 하나로도,
화분 하나 놓인 탁자 옆 구석자리로도 충분하다.
그런 안식처가 있는 이들은 외롭지 않다.
안식처를 나눌 수 있는 사람까지 있다면 더더욱.

#발코니부재의사회

• 코로나19로 두 달 넘게 이동 제한령이 내려진
이탈리아. 그 기간 동안 이탈리아 전역에는 발코니 혹은
테라스에 나와 노래 부르며 서로를 위로하고 격려하는
플래시몹이 유행했다. 이탈리아에 머물러본 나에게는
그리 놀라운 광경이 아니었다. 그저 '이탈리아인들이
이탈리아 했을' 따름. 발코니는커녕 베란다조차 확장공사로
제거하는 서울의 주거공간이 다소 외로워 보인다.

이탈리아에 사는데 이탈리아 음식을 모르면 외롭듯,
영국에 사는데 영국 음악을 모르면 외롭고,
프랑스에 사는데 프랑스 철학을 모르면 외롭다.
사회 구성원들과 깊은 관계를 맺어 그 사회의 일원이 되려면
먼저 그 사회를 이해해야 하고, 사회를 이해하려면
그 사회를 지탱하는 생각의 기반과 문화를 알아야 한다.
장 폴 사르트르, 메를로 퐁티, 알베르 카뮈,
자크 라캉, 질 들뢰즈, 롤랑 바르트, 미셸 푸코 등
철학자들의 이름만 들어도 쉽지 않은 프랑스 철학.
프랑스에 머무는 많은 이방인이 외로움에 시달리는 원인.
#먼나라이웃나라

• 현재 《먼나라 이웃나라》 1권은 네덜란드 편이지만
개정되기 전에는 프랑스가 1권이었다.
유럽의 문화적 중심은 누가 뭐래도 역시 프랑스다.

하루 중 스마트폰을 들여다보는 횟수는 외로움의 척도가
될 수 있다. 타인이나 세상과 연결되고 싶은 욕망의
무의식적 표출일 테니. 스마트폰의 그립감이 중요한
이유이자, 같은 관점에서 애플 순정 가죽케이스를
선호하는 이유이기도. 참고로 유럽에서, 그러니까 세계에서
가장 좋은 가죽제품이 생산되는 도시는 피렌체.

#냉정과열정사이

• 일본 소설이자 영화 〈냉정과 열정 사이〉의 배경은
이탈리아의 피렌체. 남녀 주인공이 피렌체 두오모(성당)에서
재회한다는 설정 덕분에 한동안 한국에서도 유럽여행 시
반드시 들러야 했던 곳이 되었다. 개인적으로는 피렌체 인근의
아담하고 고즈넉한 볼로냐를 더 좋아하는데,
원조 볼로네제 파스타를 먹을 수 있다는 이유가 크다.

이제는 많이 사라졌지만, 성공적인 접대 골프의 핵심은
접대하는 사람이 접대받는 사람보다 골프를 월등히
잘 치는 데 있다. 실력이 있으면 상대에게 맞춰줄 여유가
있다. 연애도 마찬가지. 경험 많은 쪽이 경험이
적은 쪽에 맞춘다. 상대방은 단순히 서로 잘 통한다고
생각할 수도 있지만. 이러한 전제 하에서는 연애 경험
많은 사람이, 다시 말해 연애를 더 잘하는 사람이
더 외로울 수 있다.
본디 더 외로운 사람이 상대에게 맞추는 법.
#나의후쿠오카가이드

• 장류진 소설집 《일의 기쁨과 슬픔》에 수록된 단편
〈나의 후쿠오카 가이드〉. 남자주인공 지훈은 여자주인공
지유와 대화가 잘 통한다고 생각한다. 하지만 지유는 대화가
잘 통하는 게 아니라 본인이 말을 잘하는 것뿐이라 답한다.
지훈은 모를 수밖에. 교감 능력이 더 뛰어난 지유가 지훈에게
늘 맞추고 있었으니까.

섬세한 사람과 그렇지 않은 사람의 만남만큼 외로운 일은
없다. 샤브샤브와 스키야키를 전혀 다른 음식으로
바라보는 사람과 그렇지 않은 사람 간에는 우주만큼 광활한
거리가 존재한다. 따라서 양쪽 모두 상대에게 이해받지
못한다고 느낀다. 그럼에도 이러한 커플이 끊임없이
탄생하는 이유는, 인간은 본능적으로 자신과 다른 사람에게
더 쉽게 끌리기 때문 아닐까. 수십, 수백 가지 데이터를
분석해 나에게 맞는 사람을 추천하는 AI가 등장한다 해도
'사랑에 빠지는 순간'까지 제어하기란 어려울 것 같다.

#날계란의나비효과

• 나는 샤브샤브를 싫어하고 스키야키를 좋아한다.
둘 다 국물이 있는 일본식 소고기 요리지만, 조리법,
고기 두께, 육수, 소스가 다르다. 무엇보다 스키야키는
날계란에 찍어 먹는 게 포인트다. 대수롭지 않아 보일지
몰라도 스키야키에 점수를 주는 결정적 요인.
문제는 한국에는 샤브샤브보다 스키야키를 좋아하는
사람이 많지 않아서, 아니 정확히는 그 둘을 구분하는 사람이
많지 않아서, 두 음식 모두 보통 2인 이상 주문해야 해서,
일행에게 샤브샤브를 강요당할 때마다 슬프기 그지없다는
사실.

자신이 무엇을 좋아하고 싫어하는지 알지 못하는 상태에서
이룬 큰 성취는 오히려 그 사람을 외롭게 하는지도 모르겠다.
더구나 자신은 그 성취가 행복하지 않은데
타인의 부러움과 질시를 산다면 더더욱.
지난 한 해, 세상을 스스로 등진 아이돌 스타들의 마음을
우리는 온전히 헤아릴 수 있을까?
#RIP

• RIP_{Rest in Peace} '고이 잠드소서'라는 말로 한국식으로는 '고인의 명복을 빕니다'라고 표현한다. 스티브 잡스, 코비 브라이언트 같은 유명인의 사망 후 SNS에 '#RIP'를 남기는 방식으로 사람들은 애도를 표했다.

자신과 관심사는 같은데 취향이 더 좋은
사람과의 만남은 늘 반갑다. 공감하는 것을 넘어
자신이 좋아하는 영역을 더 깊게 알 수 있기 때문.
내가 가끔이나마 바를 찾는 이유다.
술에 조예가 깊은 바텐더의 취향을 배울 수 있으니까.
만약 애써 찾아간 바의 위스키 셀렉션이나 칵테일이
마음에 들지 않으면 실망스러움을 넘어 외롭기까지 하다.
기대했던 만남이 성사되지 못했으니.
서울은 모히토가 흔한 도시지만 입에 맞는 모히토를 찾기는
의외로 쉽지 않아 조금 외로운 도시이기도.

#모히토의몰디브

• 이병헌, 조승우 주연의 영화 〈내부자들〉의 명대사
"모히토 가서 몰디브 한잔 하자." 대본에 없는
이 즉흥 대사가 유행어가 된 이유는 나처럼
서울의 모히토가 별로라고 믿는 사람들이 많아서가 아닐까.
사실 모히토는 제조하기 그리 어려운 칵테일이 아니다.
좋은 럼과 설탕, 선택한 럼과 궁합이 좋은 탄산수,
신선한 라임과 민트만 있으면 된다. 제조가 어려운 게 아니라
서울에서는 단가 때문에 좋은 재료를 쓰기 어려울 따름.

원소 주기율표처럼 '나'에 대한 외로움 주기율표를
만들어보면 어떨까? 나라는 존재의 외로움이
어떻게 구성되어 있는지 완벽하게 알아가는 시간.
이를 통해 하루 중 내가 가장 외로운 시간,
즉 생체 리듬이 아닌 외로움의 리듬을 파악할 수 있다.
그 리듬에 맞는 루틴을 만드는 것만으로도
한층 덜 외로워질 수 있다.
물론 전문가의 힘을 빌리는 게 더 효과적이겠지만.

#자가진단의한계

외롭다면 다른 외로운 이들과 교류하는 것도 방법이다.
외로운 사람들은 외롭기 때문에 작은 인사 하나에도
반갑게 반응한다. 큰 에너지를 쓰지 않아도
나의 외로움에 공감해준다. 사실 세상에는 외로운 사람이
외롭지 않은 사람보다 더 많은 법.

#ROI

• ROIReturn on Investment 투자 자본 대비 수익률,
한마디로 효율성을 보여주는 투자 지표.

아침과 바게트

특별히 더 외로운 날과 덜 외로운 날이 있다. 군이 의식하지 않아도 외로움에 대해 쓰다 보면 패턴을 확인할 수 있다. 나는 아침을 기분 좋게 보내야 하루가 덜 외로운 사람이었다. 이른 아침 일어나자마자 무조건 커피 한잔 내려 마신 뒤, 음악을 틀고 침대에서 뒹굴거리며 신문을 읽거나, 느릿느릿 단골 빵집에 걸어가 갓 구운 바게트를 사 올 여유가 있는 날에는 외롭지 않았다. 늦잠을 자거나, 일정에 쫓겨 아침을 충분히 즐기지 못한 날은 외로웠다. 분명 빽빽한 약속과 모임으로 사람들에 둘러싸여 보낸 하루였는데 말이다. 어느 날 그 이유를 되짚어보았다.

사실 난 그리 에너지가 많은 사람이 아니다. 그나마 나를 건사하는 데 쓰느라 다른 사람에게 쓸 수 있는 에너지는 유독 부족하다. 그런 탓에 술은 좋아하지만 사람들과의 술자리는 힘들고, 산책은

즐기지만 조깅은 꺼리며, 통화보다는 메신저를 선호한다. 이런 내성향을 스스로 잘 알고 있기에 은연중에 에너지를 아끼는 습관이 생활에 배어 있다. 마치 에너지효율 1등급 냉장고처럼.

가령 식사는 하루 두 끼만 한다. 무언가를 먹고 소화하는 데에도 에너지가 소요되니까. 운동을 자주 하되 근육과 관절에 부담 가지 않도록 무리하지 않는다. 약속을 연달아 잡거나 밤을 새우는 일도 거의 없다. 같은 이유로 하루의 에너지가 가장 충만한 이른 아침에 나에게 집중하는 걸 즐긴다. 내가 나를 아끼는 방식이다. 이를테면 마음의 면역력을 키우는 루틴인 셈이다. 몸의 면역력이 저하되면 감기에 걸리듯, 마음의 면역력이 떨어지면 외로워지는 것 아닐까? 나의 가설이다. 의도한 바는 아니지만 온전히 나만을 위한 아침 시간은 몸이 아닌 마음을 관리하는 내 나름의 방편이다. 물론 사람에 따라 가장 선호하는 시간대가 다를 것이다. 내게는 그게 아침일 뿐.

여행지를 고를 때도 아침이 중요하다. 맛있는 아침식사가 가능한지, 그리고 아침에 어슬렁거리기 좋은 도시인지를 먼저 살펴본다. 평소 나의 아침식사는 연하게 내린 드립 커피 두 잔이면 충분하지만, 여행지에서는 이른 아침부터 현지 스타일로 배부르게 먹는다. 호텔 조식은 가급적 피한다. 아침식사는 여행지의 문화를 배울수 있는 절호의 기회이기 때문이다. 어느 도시에서나 사람들은 이른 아침에 자신의 가장 무방비한 모습을 내비치는 법이니까.

이런 기준에서 스페인은 최고의 여행지다. 게으른 민족으로 알려져 있지만 이베리아 반도의 아침은 의외로 일찍 시작된다. 시에

스타에 쓰는 시간이 있으니 그만큼 하루를 일찍 시작하고 늦은 밤에 마무리한다. 아침이 긴 만큼 아침식사도 다채롭다. 스페인 북부 지방에서는 스페인식 감자 오믈렛에 해당하는 또르띠야를 진한 커피와 함께 아침으로 먹는다. 스페인 남부 도시에서는 한국에는 간식으로 알려진 추러스를 걸쭉한 초콜릿 시럽에 찍어 먹는다. 그것도 발렌시아산 오렌지 주스와 함께. 바르셀로나 같은 해안도시에서는 아침부터 해산물 타파스에 스파클링 와인인 까바를 곁들여 마시기도 한다. 실로 스페인은 유럽에서도 커피를 비롯해 질 좋은 음료를 기본으로 한 다채로운 아침식사를 맛볼 수 있는 나라다. 이런 스페인의 조식문화는 여행 중 이른 하루를 시작하는 동기부여가 된다. 풍성한 아침메뉴 때문이라 단정할 수는 없겠지만, 단언컨대 스페인의 아침은 외롭지 않다.

아침을 좋아하는 만큼 아침을 일찍 여는 사람들을 만나면 반갑다. 나와 비슷한 에너지를 가진 이들에게서 느끼는 소소한 동질감이자 애정이랄까? 아침을 나에게 할애하다 보면 자연스레 나와 비슷한 이들을 마주치게 된다. 단골 카페의 바리스타와 단골 빵집 사장님, 센 강변을 산책하다 마주치는 조깅하는 이웃들. 반면 나와는 에너지의 기운이 다른, 밤 시간을 사랑하는 사람은 피할 수 있다. 자연스럽게 나와 맞는 사람들을 필터링하는(?) 셈이다.

하지만 바쁜 일상에서 자신이 좋아하는 시간대를 온전히 누리기란, 좋아하는 음식만 골라 먹는 것만큼이나 쉽지 않다. 그래서 휴가가 소중하다. 내가 좋아하는 시간대의 에너지를 흘려 보내지 않고 충전할 수 있는 기회니까. 유럽 사회, 특히 내가 머물던 프랑스는 누구나 그런 시간적 여유를 확보할 수 있도록 시스템이 구축되어 있다. 일종의 사회 안전망이다. 거듭 말하지만 프랑스는 외로운 사회니까. 프랑스의 여름 바캉스는 길다. 무려 한 달이다. 크리스마스, 부활절 등 중간중간 쉴 수 있는 공휴일도 적지 않다. 내게 그 기간은 아침을 좀 더 느긋하게 즐기는 시간이 된다.

다만 그러한 파리에서도 채워지지 않는, 아니 해결할 수 없는 마음의 허기가 있었다. 바로 빵! 빵의 나라 프랑스에서 대체 무슨 말이냐고 물으신다면, 한국에서는 한국 빵의 진가를 알아보기 어렵다고 대답하겠다. 물론 파리의 바게트는 훌륭하지만 우리에게 익숙한 소시지빵, 단팥빵, 크림빵으로 시작하는 아침이 늘 그리웠다. 아무리 프랑스 빵이 맛있다 한들 '속이 꽉 찬 한국 빵의 친숙한 포만감을 따라잡기란 쉽지 않았다.

물론 인간은 적응의 동물이요, 망각의 동물이다. 한국 빵에 대한 그리움이 슬슬 식어갈 때쯤, 아니 파리의 빵에 적응해갈 때쯤 한국의 유명 베이커리 프랜차이즈 파리바게뜨가 빵의 본고장 파리에 진출한다는 놀라운 뉴스를 접했다. '파리바게뜨라니, 드디어 한국 빵을 실컷 먹을 수 있겠군!' (내가 아는 거의 모든 파리의 한국인과) 나는 어느 때보다 들뜬 마음으로 파리바게뜨가 문을 열기만을 기다렸다. 그리고….

결과부터 말하자면 파리의 파리바게뜨에는 내가 원했던 한국 빵들이 없었다. 오동통한 소시지빵, 속이 꽉 찬 샐러드빵, 설탕을 잔뜩 뿌린 달달한 꽈배기, 쫄깃하다 못해 쫀득한 찹쌀도너츠 대신 우아한 자태의 바게트가 놓여 있었다. 슬프게도 그 바게트는 파리의 바게트보다 맛있지 않았다. 순전히 개인적인 느낌이지만, 그럴 것 같지 않은가. 아무리 파리바게뜨의 빵이 맛있다 해도 최소한 파리의 바게트만큼은 따라잡지 못할 테니까.

파리의 바게트에 대해 이야기를 좀 더 해보자면, 바게트의 맛은 우선 시간과 디테일 싸움이다. 대부분의 파리 빵집은 바게트를 매일 일정한 시간에 구워낸다. 보통 이른 아침과 점심 시간 직전에 한 번씩 굽는데, 아침 일찍 먹는 갓 구운 바게트의 맛을 뛰어넘기란 쉽지 않다. 리치한 프리미엄 버터와 산딸기 잼까지 곁들이면 그야말로 대체불가한 존재가 된다. 게다가 프랑스의 바게트는 한국보다 훨씬 저렴하다! 우리의 파리바게뜨가 왜 굳이 바게트를 주력상품으로 삼았는지 나는 지금도 이해할 수 없다. 나뿐 아니라 당시 파리의 한국 교민들도 거의 '폭동 수준'의 불만을 토로했지만, 한국 빵에 대한 갈망은 충족되지 않은 채 남게 되었다. 적어도 파리에 있는 동안은.

서울로 돌아왔다. 내게 서울은 언제 떠나도 결국 돌아오는 도시다. 결코 그립지 않을 거라 생각했지만 막상 서울에 돌아오니 가끔은 파리가 그립다. 그럴 때면 에피톤 프로젝트와 어쿠스틱 콜라보의 노래를 듣는다. 파리가 외로워 듣던 서울의 노래가 이제는 파리가 그리울 때 듣는 파리의 노래가 되어버렸으니 이 또한 아이러니. 그리워했던 한국 빵을 원없이 먹으며 파리의 바게트, 그 담백하면서도 짭쪼름한 맛을 떠올린다. 다행히, 그리워할 대상이 있는 삶은 외롭지 않다. 가끔은 외로울지 몰라도.

유럽에 있는 동안 매일 아침이면 파인애플을 먹었다.
싸고 맛있고 비타민도 풍부하니까. 며칠 후숙한 다음
숭덩숭덩 잘라 냉장고에 보관하면 3일가량 먹을 수 있다.
파인애플과 관련해 내게는 두 가지 로망이 있다.
하나는 집에서 파인애플을 키워 수확해보는 것.
재배에 성공할 경우 수확까지 5년 정도 걸린다고 한다.
또 다른 로망은 파인애플 농장에서 몇 주간 일하면서
'본격 파인애플 농장 에세이'를 써보는 거다.
이왕이면 하와이나 태국의 농장으로 가고 싶다.
브라질이나 나이지리아, 필리핀은 위험하니까.
서울로 돌아온 뒤 파인애플은 가끔 먹는 별미가 되었고,
먹을 때마다 로망 실현을 위한 계획조차 세우지
못했다는 사실이 상기된다. 나조차 내 로망에 무심하다니.
그래서 외롭다.

#새콤달콤한외로움의과일

점심을 먹고 나면 산책도 할 겸 습관적으로 마트에 들른다.
간 김에 옆에 있는 푸드코트도 빼놓지 않고 둘러본다.
사람들이 무엇을 어떻게 구매하고, 무엇을 얼마나 먹는지
관찰한다. 기본적으로 관찰은 관심이 있기에 가능한 일.
외로움에 관심 갖는다는 건 그 기저에 사람에 대한 관심,
다시 말해 사람에 대한 애정이 존재한다는 뜻이다.

#마케터의인류애

물건에 애착을 갖는 건 외로움을 줄이는
나름의 '효율적인' 방법이다.
상대의 기분을 살피는 정신적 비용이 소요되지 않으니까.
관건은 지나치게 많은 물건을 소유하지 않는 것.
그래야 하나의 물건과 친밀한 사이가 될 수 있다.
외로움에서 비롯된 과도한 쇼핑은
외려 외로움 해소에 독이 될 수도.

#한계효용체감의법칙

• **한계효용 체감의 법칙** 재화나 서비스를 반복해서 소비할수록
추가되는 만족도가 점점 줄어든다는 경제학 법칙.

지난 겨울 서울에서 발견한 한 가지 흥미로운 현상.
생각보다 많은 직장인 남성들이 파타고니아 패딩조끼를,
적지 않은 아이 엄마들이 몽클레어 패딩을 입는다는 사실.
브랜드로 자신에게 소속감을 부여해야 하는 사회,
바꾸어 생각하면 그 소속감이 없으면 외로운 사회.
서울에서는 나의 브랜드 정체성을
커밍아웃해야 할 것 같은 기분이다.

#COS

• 코스cos 스웨덴의 패스트패션 그룹 H&M이 소유하고
있는 브랜드 중 하나. H&M의 브랜드 중에서는 비교적
프리미엄이지만, 유럽에서는 세일 기간을 활용하면 저렴하게
구매할 수 있다. 경영위기를 겪고 있는 H&M 그룹이 부도나지
않기만을 간절히 바라는 건 순전히 코스에 대한 애정 때문.

남성복의 경우 하이엔드 럭셔리로 갈수록
어느 브랜드인지 구분하기 어려울 만큼 디자인이
심플해지는 반면, 감촉은 더할 나위 없이 훌륭해진다.
최고의 소재를 사용하기 때문. 심리학에 따르면
촉각을 자극하면 외로움이 줄어든다고 한다.
어쩌면 최고급 남성복의 숨겨진 기능은
성공했지만, 아니 성공했기에 고독해진 남성을
감싸주는 것일지도.

#제냐

• 제냐Zegna 이탈리아 남성복 브랜드로 세계 최고 품질의
정장을 생산한다. 본래 원단 업체로 출발했기에 남성복
원단에서 최고의 경쟁력을 자랑한다. 구찌, 생로랑, 던힐,
톰포드 같은 다른 명품 브랜드들이 OEM 방식으로
제냐에 위탁 생산할 정도로 품질이 뛰어나다.
2018년 미국의 명품 브랜드 톰브라운을 인수했다.

관찰이 관찰로만 끝나면 소모적이다 못해 외롭다.
사실 관찰은 본질적으로 외로운 행위다.
특히 인스타그램이나 페이스북처럼 타인의 소셜미디어를
관찰하는 행위는 어쩔 수 없이 외롭다.
우리를 움직이는 대부분의 동기는 외로움 탈피,
혹은 여기에서 파생되는 인정의 욕구나 과시의 욕구,
소유의 욕구이기에 타인을 관찰하다 외로워지는 건
어쩌면 당연한 귀결이다. 단, 타인과의 교류로
이어질 수 있는 관찰은 생산적이다.
좋아하는 사람의 마음을 얻기 위한 애정 어린 관찰,
인간의 심리를 파악하기 위한 인류학자의 관찰,
마케터의 소비자 관찰 등. 관찰은 외로움의 원인이 되기도,
애정의 기원이 되기도.

#파크애비뉴의영장류

• 파크애비뉴는 뉴욕에서도 가장 비싼 동네, 비유하자면
뉴욕의 청담동이다. 《파크애비뉴의 영장류》는 그곳에 사는
기혼 여성들을 관찰한 문화인류학자의 책이다.
어쩌면 그들만의 폐쇄적인 사회를 구축한
부유층에 대한 호기심은 만국공통 현상일지도.
한국에서 〈스카이캐슬〉 같은 드라마가 화제가 된 것처럼.

소소한 행복은 상수가 아닌 변수에 의해 결정된다고 믿는다.
출근길에 매일 보는 사람보다 가끔 마주치는 사람이
더 반가운 것처럼. 외롭지 않으려면 인생에 랜덤 요소를
풍성하게 배치하는 것도 방법. 포인트는 랜덤의 확률을
너무 높지도 낮지도 않게 잡는 것.
#일상의랜덤박스

소셜네트워크 이론에 따르면 소수와
끈끈한 관계strong tie를 맺는 것보다 다수의 사람들과
느슨한 유대관계weak tie를 맺는 쪽이 사회적 성공에
유리하다고 한다. 하지만 끈끈한 관계가 없으면
어느 순간 외로워질 수밖에 없다.
사회적 성공에는 외로움이 필연적으로 뒤따른다는 뜻일까.
성공한 사람들이 느끼는 외로움은 보통 사람들의
외로움과 (어떻게) 다를지 궁금하다.

#마크주커버그

• 세계적으로 느슨한 관계를 맺을 수 있는 환경이
조성된 데는 페이스북 창업자 마크 주커버그의 공이
가장 크지 않을까? 그런 점에서 그의 창업기를 다룬
영화 제목이 〈소셜 네트워크〉인 건 너무도 당연하다.
아이러니한 건 영화의 마지막 장면, 페이스북으로
큰 성공을 거둔 마크 주커버그는 외롭다.

당근마켓 같은 서비스의 성공 요인으로 사람과 사람을
연결하되 물리적 거리의 제한을 두었다는 점을 꼽고 싶다.
외로운 사회일수록 오히려 타인을 경계하기 마련이어서
연결에도 영리한 필터링이 필요하다.
물건 거래가 목적인 온라인 커뮤니티에서도
물리적 접근성이 중요한 변수가 된다는 사실은
어쩌면 온라인의 한계를 의미하는지도.

#맘카페

• 지역기반 모바일 중고 거래 서비스로 시작한 당근마켓의
궁극적인 목표는 흥미롭게도 맘카페를 대체하는
지역기반 커뮤니티가 되는 거라고.

한국야쿠르트의 '프레시 매니저'가 운전하는
전동카트는 그 자체로 이동 매장이 된다.
신선하고 재미있을뿐더러 〈월스트리트저널〉 같은
해외 매체에서 케이스로 다룰 만큼 성과도 좋다.
이러한 유통방식은 외로운 시대에 더욱 빛을 발한다.
2000원만 내면 매일 아침 누군가가 내 건강을 챙겨주는
셈이니까. 심지어 맛도 있고 몸에도 좋으니 외로운 시대에
결코 비싸다고 할 수 없는 희소성 높은 경험이다.

#야쿠르트아줌마

• 과거에는 통상적으로 '야쿠르트 아줌마'라 불렸지만
최근에는 프레시 매니저라는 명칭을 공식적으로
사용하고 있다.

언택트(untact, 비대면) 라이프 스타일을 즐기는
디지털 세대의 외로움을 자신의 취향과 라이프 스타일에
집중하고 내면을 키우는 기회로 새롭게 정의하는 것,
현대카드가 내세운 'Digital Lover 카드'의 브랜딩 전략이다.
타인과의 거리를 좁히는 것에서 나를 들여다보는 기회로
외로움의 축이 이동하고 있다는 시그널이
SNS 곳곳에서 감지되고 있다.
디지털 세계의 비대면 상호작용이 증가하면서 느끼는 것
한 가지, 디지털 상에서의 이별은 쉬운 듯 어렵다.
느슨한 관계여서 끊어내기가(차단) 외려 더 어려울 때가 있고,
멀어졌을 때(언팔) 다시 가까워지기 애매한 상황도 발생한다.
#라이프스타일브랜딩

비밀을 털어놓을 사람이 없는 것도 외롭지만,
그것보다 더 외로운 건 말할 비밀이 없을 때다.
내 인생의 희소성이 사라진 느낌 혹은
존재가치가 소멸된 기분.

#자기애과잉

내가 발음하기 어려워하는 영단어 중 하나인
'anthropomorphize.' 우리 말로 해석하면 의인화.
심리학 실험을 통해 외로운 사람일수록 의인화를
자주 한다는 사실이 밝혀졌다.
영화 〈캐스트 어웨이〉에서 무인도에 혼자 남은 톰 행크스가
배구공에 '윌슨'이라는 이름을 붙여준 것처럼.
따지고 보면 우리에게는 저마다의 윌슨이 있다.
유튜브도, 넷플릭스도, 게임도 윌슨의 다른 이름.

#동물의숲

• **동물의 숲** 동물들이 사는 숲속 마을에 살아보는 기분을
만끽할 수 있는 닌텐도의 게임 시리즈 넷플릭스와 더불어
코로나19로 촉발된 언택트 시대의 가장 큰 수혜자다.

파리에 살아보기 전에는 미처 알지 못했다. 파리에서
이방인이 택시운전을 하는 게 얼마나 고달픈 일인지를.
1990년대 베스트셀러였던 《나는 빠리의 택시운전사》를
다시 읽으며 느낀 점.
나의 '파리' 생활과 그의 '빠리' 생활의 고됨은
결코 비교할 수 없는데도 공감 가는 문장이 많았다.
이를테면 "파리에서의 내게는 경계와 불신과
무관심의 시선밖에 없었다. 그중에 프랑스인들이
보내는 무관심의 시선이 가장 따뜻한 거였다",
"나는 삼중의 이방인이었다", "내가 여행할 수 있는 건
꼬레Corée를 제외한 모든 나라" 같은.
책의 모든 문장에서 저자의 깊은 외로움이 묻어났으나,
저자는 책 어디에도 외로움이라는 표현을 쓰지 않았다.
외로움조차 털어놓지 못하는 외로움이 느껴져
더없이 외로웠던 책.

#똘레랑스

• 똘레랑스tolerance '관용' 또는 '존중'으로 해석되는 프랑스어.
프랑스인들의 가치관을 표현하는 대표적인 단어. 홍세화
님은 그의 책에서 외로움이라는 단어 대신 똘레랑스를 여러
차례 언급한다. 극심한 외로움에도 불구하고 그가
프랑스 생활을 버틸 수 있었던 건 프랑스 사회의 관용이 주는
가치가 더욱 컸기 때문일 것이다.

달콤쌉쌀하다는 표현을 좋아한다. 맛에 비유하자면
디저트 중에서는 초콜릿, 술 중에는 럼이 대표적이다.
하필 원재료인 카카오, 사탕수수는 모두 누군가를 착취해서
얻어낸 산물이다. 달콤함을 맛보기 위해서는 누군가의
피땀눈물이 뒤섞인 쌉쌀한 시간을 거쳐야 하는 것인지.
맥락은 조금 다르지만 홀로여행 역시 달콤쌉쌀하다는
표현이 잘 어울린다. 혼자 즐기는 자유는 달콤하지만
외로울 때는 쌉쌀해지므로.

#헤밍웨이의달콤쌉쌀함

• 말년을 쿠바에서 보내며 헤밍웨이는 럼 베이스의 칵테일
모히토와 다이키리를 즐겨 마셨다. 다이키리는 화이트 럼,
생 라임 주스, 시럽 또는 설탕으로 만드는데, 당뇨병이 있었던
헤밍웨이는 설탕은 줄이고 럼은 두 배로 넣은 그만의 레시피로
다이키리를 즐겼다고 한다.

최근 한국에서 유행하는 살롱 문화는 한국이 외로운
사회라는 방증처럼 느껴진다. 오늘날 살롱 문화의 포인트는
즐거운 순간을 소셜미디어에 이미지로 남기는 것인데,
자신의 외로움을 달래기보다는 타인을 외롭게 만드는 데
더 탁월한 효과가 있어 보인다. 다른 사람들의 만남에
나만 끼지 못하는 듯한 소외감이랄까.
참고로 파리 몽마르트르 언덕의 구석구석을 걷다 보면
과거 살롱 문화의 잔재를 곳곳에서 경험할 수 있다.

#가난한예술가의살롱

• 살롱 문화는 프랑스의 왕이었던 앙리 4세가 궁전에서
살롱을 개최한 것에서 시작되어 귀족들의 저택으로 확산된
것이 시초다. 이처럼 태생적으로 럭셔리 문화이지만,
내게는 가난한 예술가들이 활동하던 몽마르트르 언덕의
살롱이 가장 프랑스다운 살롱으로 다가온다.

내게 쓰는 행위와 마시는 행위는 분리될 수 없는 두 가지다.
무언가를 먹는 건 쓰는 행위에 방해가 되지만,
무언가를 마시는 건 글 쓰는 감성을 북돋고
쓰는 피로감을 완화해준다. 이른 아침에는 향이 좋은 커피로
시작해 오후에는 카페인이 없는 티로 넘어갔다가
밤에는 맥주나 와인, 가끔은 위스키나 꼬냑으로 마무리된다.
무엇을 마시느냐에 따라 다른 글이 나오므로
글의 속성에 따라, 주제에 따라, 목적에 따라
다른 음료를 마시는 것도 글쓰기의 요령.

#하루의음료

여러 사람과 술을 마신 다음 날에는 집에서 혼술을 한다.
일정 수준의 외로움을 유지하고 싶은 마음이랄까.
지나치게 외로운 것도 문제지만 지나치게 외롭지 않은 것도
문제인 듯. 대부분의 부정적 감정은 절대적이기보다는
상대적인 것이니까. 지나치게 외롭지 않다가 외로움을
느낄 때 진짜 외로운 법이니까.

#외로움의상대성원리

고맥락high context, 저맥락low context이라는 개념이 있다.
전자는 함축적이고 우회적인, 후자는 직설적이고 명료한
의사소통 방식. 내 경우엔 맛이 미묘한 람빅 맥주,
내추럴 와인, 스페셜티 커피는 고맥락 음료이고,
맛이 단순한 라거, 까바, 믹스 커피는 저맥락 음료로
분류한다. 혼자여서 외로울 때는 고맥락 음료를 마신다.
고맥락 음료를 마실 때는 일정한 배경지식이 필요하고
대부분 그에 적절한 분위기도 동반되기에 심심하지 않다.
때로는 음료와 대화하는 기분으로 마신다.
이 역시 외로움의 루틴.

#맥락있는음주

• **람빅 맥주** 벨기에 브뤼셀 인근에서만 생산되는 자연 발효식
맥주. 일반적인 맥주처럼 인공적으로 배양한 효모 대신 대기 중에
떠도는 균체로 자연스럽게 발효시키는 것이 특징.

• **내추럴 와인** 자연주의 철학에 기반한 방식으로 생산한 와인.
첨가물을 가급적 사용하지 않는다.

• **스페셜티 커피** 원두 생산지 특유의 개성이 잘 드러나는
독특한 풍미의 고급 커피.

조니워커, 발렌타인, 시바스 리갈 등 블렌디드 위스키의
특징은 여러 해의 원액을 적절히 섞어 늘 그 맛을 일정하게
유지하는 데 있다. 빈티지는 없고 숙성 기간만 적혀 있는 이유.
가끔 맛이 크게 달라지는 것은 블렌디드 마스터가
사망해서 새 마스터로 바뀌었을 때뿐이다. 조니워커의 경우
200년의 역사 동안 블렌디드 마스터는 6명에 불과했다.
아무리 레시피가 있어도 침범할 수 없는 '손맛'이 존재하기에
마스터가 바뀌면 맛도 달라질 수밖에 없다. 지인에게
선물받아 15년 이상 묵혀둔 조니워커 블루는 요즘 출시되는
것과는 사뭇 다른 맛이 난다. 추억을 상기시키는 맛 덕분에
외롭지 않은 저녁이 된다. 외로울 때를 대비해 좋아하는
위스키를 미리미리 사두어야 할까?
이건 욕망을 넘어선 큰 욕심.

#위스키의경제학

• 마스터가 사망하면 맛을 재현하기 어렵기에
위스키 원액은 시간이 지날수록 가치가 상승하는 재화다.
마치 작가가 사망하면 가격이 오르는 미술품처럼.
중국 투자자들이 미술품뿐 아니라 오래된 위스키를
병이 아닌 배럴 단위로 매집하는 이유.

혼자 잘 노는 사람들의 특징은 일상을 자기만의 루틴으로
가득 채워놓는다는 것. 영화 〈어바웃 어 보이〉의
휴 그랜트처럼. 이때 중요한 건 내 루틴의 영역에 들어오는
주변인의 존재 여부다. 루틴을 침범하는 타인은 반갑지
않지만, 곁에 아무도 없는 삶 역시 외로울 테니.

#비혼주의자의루틴

• 〈어바웃 어 보이〉 휴 그랜트가 연기한 주인공 윌은 모든
인간은 섬처럼 독립적인 존재라고 생각하며All men are island
그 어떤 깊은 관계도 거부한다. 특히 아버지로부터 상속받은
저작권료 덕에 돈 많은 백수생활을 만끽하는 잘생긴 싱글
남성이기에 본인 스스로를 섬 중에서도 이비사(I am bloody
Ibiza, 지중해에 위치한 스페인령 섬으로 '클럽 섬'이라 불릴 만큼
클럽이 많다)에 비유한다.

종종 농담처럼 하는 말. 프랑스는 외로움에 있어서도
선진국이라고. 그들은 다가올 외로움을 예상하고 각오한다.
다만 대비하지는 않는다. 미래의 외로움을 피하느라 오늘의
행복을 포기하지도, 오늘의 불행을 감수하지도 않는 사람들.
(아마도) 프랑스의 비혼율이 높은 이유.

#외로움의카르페디엠

• 카르페디엠Carpe diem
'오늘을 즐겨라'라는 의미의 라틴어.

스페인 북부 바스크 지역을 여행하며 하루에만 수차례
스페인과 프랑스 국경을 운전해서 넘나든 적이 있다.
한국에서 바스크 지역은 산티아고 순례의 시작점으로
알려져 있지만 사실 이 지역은 소수민족이 겪는 차별과 상처,
그에 대한 분노가 곳곳에 묻어나는 애틋한 곳이다.
외국에 오래 살아본 사람으로서 괜히 마음 무거워지던 여행지.
한국을 벗어나는 순간 우리는 소수민족이 된다.
소수민족으로 살아간다는 건 작게는 외로움, 크게는 분노 같은
부정적 감정에 지속적으로 노출된다는 뜻이다.
대신 그만큼 소수민족으로 살아가는 사람들을 이해하고
공감할 수 있게 된다. 살면서 한 번쯤은 한국 밖에서
살아볼 필요가 있다고 생각하는 이유.

#갭이어의타이밍

• 갭 이어gap year는 통상 고등학교 졸업 후 대학 진학 전
1년가량 여행이나 사회 경험을 해보는 시간을 의미한다.
유럽이나 미국에는 갭 이어를 갖는 학생들이 적지 않다.
그러나 갭 이어가 반드시 이 시기에 국한될 필요가 있을까.
언제가 됐든 인생에 쉼표가 필요한 시점이 찾아온다면
갭 이어 갖기를 권한다. 단기적으로는 낭비라 느껴질지 몰라도
장기적으로는 인생을 살아가는 데 도움이 된다는 사실을
경험한 바 있기에 추천.

교감交感을 한자로 풀이하면 사귈 교, 느낄 감.
즉 교감에는 상대가 필요하다. 흔히들 교감하기 어려운
시대라고 한다. 그렇다고 요즘 사람들의 교감 능력이
과거보다 낮아졌다고 생각하지는 않는다.
교감할 만한 상대를 찾기가 어려워졌고,
교감할 상대를 고르는 기준이 까다로워졌을picky 뿐.
교감할 상대가 지나치게 많아지기도 했고.

#풍요속의빈곤

파
리
의

와
인
가
게

외로움에 대해 쓰면서 얻은 가장 큰 소득은 나에 대해 더 잘 알
게 되었다는 점이다. 아무래도 혼자 있을 때 외로움을 느끼기 쉬운
만큼, 글을 씀으로써 나에게 집중하는 시간이 많아졌다.

자신에게 '집중'하는 것은 다른 사람을 알아가는 것만큼이나 흥
미로운 일이다. 그동안 내가 별 뜻 없이 해온 행동에 의미를 부여하
기도 하고, 내가 무얼 할 때 가장 신나는(!) 사람인지 알게 된다.

나는 기본적으로 먹고 마시는 걸 즐기는 사람이었다. 특히 쓰는
행위와 마시는 행위는 분리될 수 없다고 해도 좋을 만큼, 글을 쓰
며 무언가 마시는 걸 즐겼다. 집에서 거리가 있는 카페까지 굳이 걸
어가 원두를 사와 커피를 내리고, 실력 좋은 바텐더의 바에 일부러
찾아가 칵테일을 맛보고, 이왕이면 구하기 어려운 맥주를 찾아 마
셔보는 것. 모두 쓰는 행위가 가져다 준 취미다. 물론 가장 친해진

건 역시 와인이었지만.

그중에서도 내추럴 와인을 즐겨 마신다. 농약 및 화학비료, 인공 첨가물 및 조작을 배제하고 생산한 내추럴 와인은 그 자체로 재미있고 매력적인 술이다. 하지만 내추럴 와인을 별도로 취급하는 숍을 일부러 찾아가야 하는 번거로움, 같은 품종의 일반 와인보다 조금 비싼 가격, 들쭉날쭉할 수밖에 없는 퀄리티, 예측 불가능한 맛 등 단점 또한 많은 게 내추럴 와인이다. 그렇기에 유럽에서는 수십 년의 역사에도 불구하고 여전히 비주류의 영역에 머물러 있다. 그런데 아이러니하게도 비주류의 속성이 내가 내추럴 와인에 입문한 이유가 되었다.

대다수의 내추럴 와인 생산자와 유통업자들은 판매자이기에 앞서 그들 스스로 내추럴 와인 애호가다. 아니, 애호가를 넘어 신봉자라 표현하는 편이 맞겠다. 생산 및 취급이 까다롭고 생산량도 제한적일뿐더러 마진까지 박한 내추럴 와인을 파는 건 이 술이 그들에게 일종의 신념이자 종교이기 때문이다. 그들에게는 내추럴 와인이야말로 '옳은' 와인이다. 내추럴 와인을 위해 순교까지 하지는 않아도 전도하고 포교하는 걸 소명으로 삼는다. 그들 역시 누구 못지않게 까칠한 파리 사람이지만, 내추럴 와인에 관심 갖는 손님에게만은 친절한 이유다.

파리에서 자주 찾던 단골 내추럴 와인가게가 있다. 파리에서 가장 오래된 와인숍 중 하나로, 역사와 전통은 물론이요 발 빠르게 내추럴 와인을 취급한 점에서 알 수 있듯 나름의 혁신성도 갖춘 곳이다. 이 가게는 낯선 손님에게도 시음을 권하고 설명하기를 마다하지 않는다. 내 불어가 서툴고 그들이 영어를 못하는 건 그다지 문제 되지 않는다. 와인 용어와 영어 단어를 섞어가며 어떻게든 설명을 해준다. 급하면 영어 잘하는 다른 직원을 불러온다.

파리에서 경계인으로 살던 시절, 일반 와인을 취급하는 와인숍에서 불친절과 홀대를 겪을 만큼 겪어본 나는 이곳이 반가웠다. 물론 나도 안다. 그들이 날 진심으로 반기거나 내가 특별해서 친절한 게 아니라는 사실을. 그들은 로마인이요, 나는 포교 대상으로 점찍은 한 명의 게르만족이었다는 것을. 의도야 어떻든 그들의 친절한 권유는 외로운 파리에서 살아가던 내게 일종의 인센티브가 되었다. 한국에서는 교회를 다니지 않다가 유학 중에 교회를 찾는 이유는 다른 유학생들과 교류할 수 있다는 인센티브 때문이다. 종교에 전혀 관심 없던 사람들이 입대 후 훈련소에서부터 절, 성당, 교회를 가리지 않고 종교활동에 열심인 건 초코파이라는 인센티브가 존재하기 때문이다. 나 또한 외로운 도시에서 누군가의 친절함이라는 인센티브에 혹해 내추럴 와인에 전도되었다.

이유야 어찌 되었든 그 가게 덕분에 나는 내추럴 와인의 세계에 적응할 수 있었다. 아니, 빠질 수 있었다. 유럽의 여러 도시를 여행할 때면 전 세계 도시에서 내추럴 와인을 취급하는 와인숍, 레스토랑, 와인바를 검색할 수 있는 'Rasin'이라는 어플을 활용했다. 모바일 세계이긴 하지만 결국엔 내추럴 와인을 좋아하는 사람들과 연결해주었으니 내 외로움을 달래는 장치가 되기에 충분했다. 어플이 알려주는 와인숍과, 와인바와, 레스토랑을 다니면서 내추럴 와인을 좋아하는 사람들을 만나고, 새로운 경험과 문화를 흡수할 수 있었으니까.

어떠한 도시가 기억에 남는 데는 여러 이유가 있겠지만, 내 경우에는 멋진 관광지나 세련된 공간 못지않게 대체 불가능한 가게가 있는지 여부가 중요하다. 파리의 그 와인숍도 내게 기꺼이 마음의 안식처가 되어주었다. 낡고 소담한 공간에 들어서면 으레 그렇듯 화려한 와인 셀러가 눈에 들어오기보다 그곳을 채운 '소리들'이 먼저 나를 반긴다. 덕분에 와인을 즐기는 오랜 친구 집을 찾은 기분이 된다. 가게 이곳저곳에서 직원들은 손님들에게 시음을 권하고, 대화를 나누고, 설명을 이어간다. 그 사이사이를 병과 병이 부딪히는 소리, 직원들이 추천하고픈 와인을 찾느라 무거운 나무상자를 들었다 놓는 소리, 찾는 와인이 매장에 없어 지하 셀러로 내려가는 와중에 낡은 나무계단에서 나는 삐그덕거리는 소리들이 채운다.

그곳에서 유독 소리에 집중하고 지금까지 기억하는 이유는, 하나같이 시간을 머금은 소리였기 때문이다. 와인을 생산하는 데에도, 와인을 숙성하는 데에도, 와인을 보관하는 데에도, 와인에 대한 지식을 습득하는 데에도 시간이 걸린다. 와인은 시간을 요하는 술이다. 어쩌면 내가 많은 마실 거리 중에 와인을 가장 좋아하는 이유인지도 모른다.

외로움에 대해 쓰면서 터득한 또 다른 삶의 요령은 '시간이 걸리는 일'의 가치였다. 거창한 시간이 아닌 꾸준한 시간이 만든 가치. 가령 주교동 우래옥 본점의 물냉면, 부암동 자하손만두의 만둣국, 방배동 주의 유린기 등 내가 사랑한 음식과 쌓아가는 추억이 서울을 대체 불가능한 도시로 만들어준 것처럼. 따지고 보면 누군가와 가까워지는 것도, 나를 알아가는 것도, 내가 머무는 도시를 이해하는 것도, 나를 위한 일상의 장치를 만드는 것도 애초 시간을 쌓아야 하는(시간이 필요한) 일이다. 어쩌면 나는 외로웠던 게 아니라, 조금 성급했던 건 아닐까.

• 다음은 시간을 들여 알게 된, 내추럴 와인이 재미있는 나름의 이유

1. 내추럴 와인은 양조방식 자체가 기존 와인과 다르기에 기존 와인과 유사한 맛을 내는 것이 애초에 불가능하다. 따라서 내추럴 와인은 기존 와인의 기준으로 평가되지 않는다. 대신 내추럴 와인을 만드는 사람들과 즐기는 사람들이 새롭게 평가기준을 만들어간다. 기존 권위에 도전하는 느낌 때문에 내추럴 와인은 재미있다.

2. 내추럴 와인 생산자들은 보르도 혹은 부르고뉴 같은 전통적인 와인 생산자가 아닌 알자스, 루아르, 랑그독 같은 신흥 생산지를 선호한다. 와인 생산방식에 대한 규제가 덜하고 포도밭이 저렴하기 때문. 내추럴 와인의 등장으로 역사와 자본에서 밀리던 신흥 와인 생산자들도 성공 기회를 잡게 된 것이다. 대기업들이 장악하고 있는 시장에 진입한 스타트업처럼 말이다. 골리앗 아닌 다윗을 응원하는 것은 늘 흥미진진하다.

3. 와인은 본래 잘난 척하는 데 최적화된 술이다. 품종에 따라, 생산 마을에 따라, 생산자에 따라, 생산 연도에 따라, 보관 상태에 따라, 시음 시기에 따라 맛이 천차만별이어서 제대로 즐기려면 상당한 지식이 필요하다. 여기에 가격도 비싸져 이제 와인은 지식뿐 아니라 재력을 과시하기에도 적합한 수단이 되었다. 다행히 내추럴 와인은 기존 와인과 달리 아직 가격 거품이 크지 않아 상대적으로 합리적인 가격으로 과시할 수 있어 재미있는 술.

4. 재배 과정, 양조 과정에서 화학 성분을 가급적 배제한 만큼 순도가 높아 숙취가 덜하다. 다음 날에도 일해야 하는 바쁜 현대인들이 즐기기에 꽤 적절한 술.

일드 〈고독한 미식가〉의 절묘한 디테일은 주인공이
술을 못 마신다는 설정에서 나온다.
원작자가 엄청난 애주가임에도 주인공을 그렇게 설정한
이유는 맛있는 음식과 달리 술은 외로움을 극복하는 데
큰 도움이 되지 않는다는 암묵적 메시지 아닐까.
외로워서 술 마신 다음 날 아침의 기분을 떠올려보자.

#컨디션헛개수

• 〈고독한 미식가〉 만화를 원작으로 하는 일본 드라마.
'바쁜 일상 속 현대인에게 평등하게 주어진 치유행위'라는
원작의 메시지를 영상으로 잘 살린 수작. 매회 30분,
앤티크 소품을 판매하는 주인공의 업무 관련 내용과
업무차 들른 동네에서 즐기는 술 없는 먹방으로 구성된다.
마지막 5분은 원작자가 실제 가게를 방문해 '술 있는' 먹방을
보여주는 걸로 마무리.

사랑하는 사람이 좋아한다는 이유로 본인은
좋아하지 않는 일을 함께하는 상황은 사실 외롭다.
그걸 지켜보는 주변 사람들에게도 그 외로움이 전염된다.
특히 맞춰주는 쪽이 괜찮은 사람일수록.
둘 다 좋아하는 일은 함께, 각자 좋아하는 일은
따로 하는 게 합리적으로 보이지만 그게 심정적으로
어려워서 생기는 문제다. 사업에 계약서가 존재하듯
관계에도 계약서가 존재한다면 어떨까?
시작 전에 관계의 세부사항을 세세하게 규정하는 의식 또는
일종의 선 긋기처럼. 관계의 시작은 대개 감정이지만
관계를 유지하는 건 상당 부분 이성이니까.

#감정계약서

서울의 커피는 훌륭하지만 에스프레소가 맛있지는 않다.
그럼에도 밀라노에서 마시던 에스프레소가 그리울 때면
에스프레소를 주문한다. 그리고 매번 실망한다.
단순히 에스프레소 맛 때문은 아니다. 어쩌면 내가
그리운 건 에스프레소라는 콘텐츠contents가 아니라
1유로라는 부담 없는 가격, 바에 서서 마시는 구조,
에스프레소를 주문하면 늘 함께 나오는 설탕과
상온수 한잔 같은 콘텍스트context가 아닐까 싶다.
#GSTF

• 밀라노에 가면 GSTFGod Save the Food라는
에스프레소 바가 있다. 밀라노 최고 백화점인 리나센테에도
지점을 오픈했을 만큼 인기가 좋다. 밀라노에 들르게 된다면
이곳에서 에스프레소 한잔과 파리보다 맛있는
뺑 오 쇼콜라(페이스트리 안에 초콜릿이 들어 있는 프랑스 빵)를
꼭 맛보기를!

대부분 그렇듯 어릴 적 우리 집에도 위인전 전집이
있었으나, 정작 내가 닮고 싶었던 건
고양이 가필드였다. 그때는 명확한 이유를 알지 못했는데
이제는 알 것 같다. 게으르고, 심술맞은 그를 아끼는
(밥 주는 노예에 가까운) 주인 존, 매번 가필드에게 당하면서도
함께 놀자고 애교 부리며 달려드는 강아지 오디의 존재가
부러웠던 것이다. 게다가 이탈리아 레스토랑 주방에서 태어나
라자냐와 커피를 사랑하는 가필드의 기호 역시 탐난다.
자기를 챙겨주는 존재와 자기와 놀고 싶어 하는 존재,
자기만의 또렷한 취향이 있으면 외롭지 않다.
알고 보면 다 가진 고양이 가필드는 꽤 괜찮은 삶을
살아가는 녀석이다. 닮고 싶을 만하다.

#이탈리아가정식의위대함

• 파스타와 와인, 거기에 에스프레소 한잔으로 구성된
이탈리아 가정식은 간단한 조리법에 비해 맛이 좋다.
이탈리아인들이 행복한 이유이자 이탈리아를 떠나서도
이탈리아인이라는 정체성을 잃지 않는 이유.

가격을 따져가며 누군가의 생일선물을 고를 때면
약간의 외로움을 느낀다. 가격을 먼저 떠올리는 관계라면
사실 어떤 선물을 하든 흥이 나지 않고,
상대도 크게 좋아하지 않는다. 나나 상대가 부담을
느끼지 않을 가격대, 관계에 부합하는 적절한 아이템,
그러면서도 상대에게 어울리고 마음에 들어 할 만한
것을 고르기란 여간 까다로운 작업이 아니다. 무엇보다
나의 취향과 안목이 돋보일 수 있도록 이것저것 치밀하게
고민해야 한다. 하지만 대부분 실패로 귀결된다.
가령 상대에게 어울리는 건 톰포드 타이인데, 가격에 맞춰
페라가모 타이를 선물해야 할 때처럼 건널 수 없는
예산의 갭이 존재하기 때문. 이런 상황 자체가 외롭다.

#생일선물의패러독스

외국어 영화로는 최초로 아카데미 작품상을 수상한
〈기생충〉. 큰 화제가 된 만큼 미국 관객들에게 왜 그토록
인기 있었는지에 대한 이런저런 분석이 쏟아져 나왔다.
내 생각에는 영화에 등장하는 가족들이 부유하든 가난하든
화목해 보인다는 것이 미국 관객들의 마음을 얻는 데
일조하지 않았나 싶다. '가족애'는 미국인들이 전통적으로
중시하는 가치이자 오늘날 점차 희석되고 있는 가치다.
하긴, 비단 미국사회가 아니라도 영화 속 이선균의 가족과
송강호의 가족이 나름의 방식으로 화목한 건
일종의 판타지에 가까워 보인다.

#아메리칸뷰티

• 내게 〈기생충〉과 오버랩되는 영화는 2000년 아카데미
작품상을 수상한 〈아메리칸 뷰티〉다. 〈기생충〉과 정반대로
겉으로 보기에는 멀쩡하지만 실상은 언제 깨져도 이상하지
않을 만큼 균열이 가 있는 미국 중산층 가정에 관한 영화다.
전통적인 미국의 가족애가 더 이상 일반적이지 않다는 사실을
보여주는 상징적인 영화이기도. 〈기생충〉과는 20년의
시차가 있다.

과거에는 여럿이 모여 푸짐하게 먹을 수 있는 음식이
따뜻함의 상징이었지만, 요즘은 외려 외로움의 상징이
된 듯하다. 닭갈비나 즉석떡볶이처럼 2인분부터
주문할 수 있는 음식은 혼자서 먹기 어려워졌으니.
혼밥족의 증가와 배달산업의 성장은 결코 무관하지 않다.
아니, 밀접하다.

#배달의민족의시의성

이탈리아에 몇 달 살아본 후에야 알게 되었다.
〈대부〉를 비롯한 이탈리아 영화들은 이탈리아인 특유의
'찌질한 집요함'에 관한 이야기라는 사실을.
내 편과 네 편을 구분하고, 내 편을 건드리면
시간이 걸린다 해도 집요하게 복수하는 그런 찌질함 말이다.
그런데 찌질하고 집요한 사람들은 적어도
외롭지는 않을 듯하다. 적을 집요하게 미워하는 만큼
내 편을 집요하게 챙기는 특성을 고려하면.

#시칠리아마피아

• '복수'야말로 마피아의 속성을 가장 적절하게, 그러면서도
함축적으로 묘사하는 단어일 것이다. 그런 의미에서 한때
인기 있었던 모바일 게임 '마피아 리벤지'의 네이밍은 무척
훌륭하다고 생각한다. 흥행부진으로 서비스가 종료돼
아쉽지만.

광고는 외로운 사람들에게 더 효과적이다.
외로울 때는 누군가 말만 걸어줘도 반갑고 고마우니까.
고마우면 보답하고 싶으니까. 그래서 외로울 때면
난 광고 없는 서비스를 이용한다. 광고의 유혹에 넘어가지
않기 위해. 자본주의가 대단한 건 광고 없는 구독 서비스도
만들어냈다는 사실. 유혹에 빠지지 않으려면 그만큼의
비용을 치러야 하는 법.
#유튜브프리미엄

투자는 타인의 욕망을 읽는 행위다.

재화의 가치는 대체로 사람들의 욕망에 따라 움직이므로.

비트코인, 테슬라, 각종 테마주 같은 자산이나 주식이

특히 그러하다. 이런 투기에 가까운 투자상품을 무조건

금기시하기보다 부담스럽지 않은 금액으로 투자하는 것은

어쩌면 외롭지 않게 살아가는 요령일 수 있다.

모든 사람들의 화젯거리에 나 혼자 소외되면 외로우니까.

남들이 큰돈 벌 때 나만 그렇지 않은 것도 외로우니까.

단, 지나친 리스크는 감수하지 말 것.

타인의 욕망을 남들보다 먼저 읽고 행동할 것.

#버블경제의교훈

외로움을 부지런히 관찰해본 결과, 모든 감정이 그렇듯
꽤 복합적이고 섬세하다. 결핍, 욕망, 애정, 싫증, 성격, 건강,
관계, 취향, 공간 등 다른 감정과 요소들의 상호작용으로
커지기도 하고 작아지기도 한다. 〈절규〉로 유명한 뭉크가
외로움을 소재로 작품을 남겼다면 어떤 분위기일까
문득 궁금해진다. 〈절규〉와 그의 다른 작품인 〈불안〉의
중간 정도 느낌 아닐지. 전자는 인물의 감정 표현이,
후자는 인물들의 감정 절제가 감상 포인트.

#비밀의숲

• 〈비밀의 숲〉이라는 드라마를 재미있게 봤다. 매력적인
요소로 가득하지만 특히 조승우와 배두나의 케미가
흥미로웠다. 감정을 느끼지 못하는 조승우 캐릭터와
감정 과잉의 배두나 캐릭터가 만들어내는 대비효과.

비록 지금은 일련의 가상화폐 스캔들로 불신의
상징이 되었지만 블록체인은 본래 신뢰의 기술이다.
누구도 임의로 변경할 수 없는 데이터 기록 및
저장 기술이 바로 블록체인. 그렇기에 언젠가는
어떤 형태로든 외로움 해소에 이 기술이 사용될 수 있지
않을까 예상해본다. 사람은 주변에 아무도 없을 때보다는
신뢰할 수 있는 누군가가 없을 때 외로워지기 때문.
그리고 앞으로 자기 자신을 증명하는, 즉 내 신뢰도를
높이는 데 블록체인 기술이 기여할 수 있으므로.
#DID

• DID Decentralized Identity 공인인증서와 신분증을 대신할
것으로 기대되는 탈중앙화 신원증명. 말하자면 블록체인
기반의 '모바일 신분증'이라 할 수 있다. 대다수 블록체인
스타트업에 대한 투자가 중단된 현 시점에도 DID 관련
프로젝트들은 수십억 수백억 투자를 유치하고 있다.

타인과 새로운 관계를 맺고 교류하는 데는 적지 않은
에너지가 든다. 우선 상대에게 시간을 할애해야 한다.
체력 좋은 사람, 건강한 사람이 덜 외롭다는
가설을 세워본다. 농담 같지만 진짜다. 그런 의미에서
자신의 발에 맞는 운동화 브랜드를 찾는 데 시간과 돈을
투자할 필요가 있다. 신발은 체력 소모에 큰 영향을 미치고,
운동화는 가장 편한 신발이니까. 스티브 잡스처럼 예민한
사람이 괜히 뉴발란스 992만 신었던 게 아니다.
뉴발란스 900 시리즈는 정말 편하다.
내 발에도 가장 잘 맞는 운동화.

#블랙프라이데이

• 뉴발란스 900 시리즈의 가격대는 결코 만만치 않지만,
블랙 프라이데이에 맞춰 해외직구를 하면
저렴한 가격에 구매 가능하다.

충분히 외로워본 사람만이 외롭지 않을 수 있다.
외로웠던 경험을 토대로 다른 이의 외로움에
공감할 수 있는 사람은 상대의 마음을 얻는 데 유리하다.
즉 외로웠던 경험이 쌓여 외로움의 기술이 된다.
누군가를 만나고 헤어진 경험이 쌓여 '사랑의 기술'이 되고,
여행의 경험이 쌓여 '여행의 기술'이 되듯,
외로움에도 나름의 기술이 있다.

#외로움의쓸모

• 에리히 프롬의 《사랑의 기술》,
알랭 드 보통의 《여행의 기술》.

카운터 좌석에 홀로 앉아 스시 먹는 걸 좋아한다.
단순한 식사가 아닌 일종의 의식ritual처럼 느껴지는 행위.
누군가 나를 위해, 그것도 바로 내 앞에서 한땀 한땀
요리를 만드는 정성이 극대화되는 시공간. 혼자 먹어도
식당에 폐 끼치는 기분이 들지 않아 마음 편하기도 하고.
일식의 매력은 혼자 먹을 때 진가가 드러난다.
유럽과 달리 사회적 외로움을 자본주의로 접근하는 일본.
#초자본주의일본

스시와 같은 맥락으로, 얼른 양꼬치집에 1인 카운터
좌석이 생겼으면 좋겠다. 자동으로 빙글빙글 돌아가며
익어가는 양꼬치를 보고 있자면,
누군가 나만을 위해 정성껏 고기를 구워주는 기분이 든다.
스시집 셰프나 바텐더의 AI 버전이랄까.
외로움을 달래주는 AI 로봇의 초기 모델 같기도 하고.
#양꼬치엔칭따오

"사랑에도 유통기한이 있다면 나는 만년으로 하고 싶다."
왕가위 감독의 〈중경삼림〉에 나오는 금성무의 명대사.
홍콩영화 전성기의 문을 닫고 나온 왕가위 감독의 색채가
진하게 묻어나는 작품이지만, 사실 이 영화는
감독의 분위기로만 해석하기는 부족하다. 두 커플의 사랑과
이별이 주된 소재이기는 하나, 시대적 배경을 감안하면
청춘남녀의 흔한 러브스토리로만 보기도 어렵다.
영화가 개봉된 1994년은 영국령이던 홍콩이
중국에 반환되기 3년 전이자 밀레니엄을 앞둔 시기.
유통기한이 존재하던 홍콩의 불안, 즉 사랑도 경제적 번영도
영원할 수 없다는 진리가 반영된 영화.
영화 속 인물들이 유독 외로워 보이는 이유.

#파인애플통조림

• 〈중경삼림〉 속 금성무는 헤어진 연인을 그리워하며
그녀가 좋아하던 파인애플 통조림을 하루에 한 통씩 사모은다.
그것도 유통기한이 자신의 생일인 5월 1일인 것만.
5월 1일은 통조림의 유통기한이자 그녀를 그리워하고
집착하는 감정의 유통기한이기도 하다.

영화 〈결혼 이야기〉는 무엇보다
스칼렛 요한슨의 롱테이크 독백이 인상적이었다.
요한슨이 연기한 니콜은 배우라는 직업에도 불구하고
자신의 외로움을 표현하는 데 서툰 캐릭터다.
사실 현실에서도 자신의 외로움을 표현하는 데
능숙한 사람은 많지 않은 듯. 이 또한 연습이 필요하다.

#외로움의스킬셋

2014년 아카데미 각본상 수상작 〈그녀Her〉의 주인공은
AI와의 교감을 통해 외로움을 달랜다.
아직 이 단계까지 나아가지는 않았지만
분명한 건 외로움이 거대한 산업이라는 사실.
무엇보다 사람들의 외로움 관련 데이터는 대단한
비즈니스 기회로 쓰일 수 있다.
최근 네이버, 구글 같은 플랫폼 업체들이 인수하는
기업 명단에 그들이 직접 수집하기 어려운 진귀한 데이터를
보유한 스타트업이 다수 포함된 것만 봐도.

#AI #AI #AI

• 과거 김대중 대통령을 만나 "한국이 첫째도, 둘째도, 셋째도
초고속 인터넷에 집중해야 한다"고 조언했던 소프트뱅크
손정의 회장. 문재인 대통령을 만나서는 "첫째도 AI, 둘째도 AI,
셋째도 AI"라고 강조.

내게 완벽한 공간을 꼽으라면 방마다
개별 노천탕이 딸린 일본 료칸이 떠오른다.
가루이자와 호시노야처럼 럭셔리한 곳이 아니어도 좋다.
화려한 가이세키 요리도 필요 없다. 낡고 소박한 다다미방,
주인장의 정성이 들어간 맛있는 가정식이면 충분하다.
여기에 책과 맥주가 더해지면 빈틈 없이 완벽해진다.
'자기만의 완벽한 공간을 정의할 수 있는 사람은
덜 외로울 거라 믿는다. 외로워지면 그곳에 가면 되니까.
현실적 사정 때문에 자주 찾을 수 없다 해도
그 존재만으로 삶을 대하는 태도가 반짝거릴 테니.

#오아시스

• **호시노야** 호시노 리조트 그룹의 플래그십 료칸 브랜드로,
료칸 그 이상을 지향한다. 총체적 힐링을 경험할 수 있는
공간이지만 값비싼 숙박료는 솔직히 부담스럽다.

• 어릴 적 〈아라비안 나이트〉, 〈알라딘〉 같은 아랍 이야기에
매료되었던 나에게 오아시스는 여전히 누구나 찾아내고
싶어 하는 가장 이상적인 공간의 상징. 비록 이집트 사막에서
실제 본 나의 첫 오아시스는 실망스러웠지만.

파리에 거주하는 많은 한국인들의 소울푸드는 의외로
한식이 아닌 베트남 쌀국수. 한때 프랑스가 베트남을
지배했던 만큼 파리에서는 베트남 식당을 쉽게 볼 수 있다.
프랑스 식문화 및 식자재와 결합해 본토 못지않은,
아니 본토를 뛰어넘는 프랑스 쌀국수가 탄생하게 된 것.
때로는 고향의 맛이 아닌, 그저 맛있고 저렴한
눈앞의 음식이 이방인의 허한 마음을 달래주는
소울푸드가 된다. 어쩌면 비슷한 처지의
이방인들이 만든 음식이라 더 맛있는지도.

#SongHeng

● 파리에는 정말 많은 쌀국수 집이 있지만 그중 최고로 치는
건 역시 'Song Heng.' 좁고 허름해서 늘 줄 서야 하고
합석해야 하며, 오전 11시 30분부터 4시간만 영업하는 데다,
메뉴는 일반 쌀국수Pho와 비빔쌀국수Bo Bun 딱 두 가지만
있다. 그럼에도 깊은 국물 맛과 저렴한 가격으로 수많은
사람들의 사랑을 받는 파리 최고의 쌀국수 가게.
파리여행 중 과음으로 숙취에 시달리는데 늦잠까지 잤다면
자신 있게 추천하는 해장명소.

일드 〈런치의 여왕〉의 주인공은 짧은 점심시간에도
뛰어다니면서까지 맛집을 찾아내 한 끼를 챙겨 먹는다.
하루에 한 번 제대로 된 식사를 하는 건
그녀에게는 종교에 가까운 숭고한 행위. 이처럼
자신을 행복하게 만드는 것이 무엇인지 명확히 알고,
이를 최우선 순위로 삼는 사람은 결코 외롭지 않을 것이다.
어쩌면 외로움은 관계의 영역이 아닌 자아의 영역이기에.

#데미그라스소스

• 드라마 속 배경인 경양식집의 대표 메뉴는 오므라이스.
이 식당의 오므라이스가 특별한 이유는 다름아닌 수제
데미그라스 소스 덕분이다. 기성품을 쓰지 않고 며칠간
정성스레 육수를 우려 만들기에 깊은 맛이 나지만,
품이 많이 드는 바람에 가족 간의 갈등 요소로 작용하기도 한다.
현실의 식당들은 오므라이스에 기성품 데미그라스 소스나
케첩을 내는 경우가 대부분.

이제 서울에서도 프랑스식 바게트를 파는 빵집을
어렵지 않게 찾을 수 있다. 한 가지 차이가 있다면 가격이다.
바게트는 프랑스 사람들의 주식에 해당되기에 프랑스
정부가 엄격히 가격을 규제한다. 파리 사람들의 식탁에서
조용한 존재감을 발휘하는 바게트가 서울에서는 결코
소울푸드가 될 수 없는 이유다. 소울푸드는 '맛'보다는
누구나 쉽게 맛볼 수 있는 높은 '접근성'으로 좌우된다.
파리에서 먹어야 온전한 바게트의 맛을 논할 수 있는
이유이기도.

#소울푸드의필요조건

• 파리 시는 해마다 최고의 바게트를 선정한다. 선정된 빵집은
1년간 엘리제궁, 즉 프랑스의 청와대에 바게트를 납품하는
영예를 누린다. 해당 빵집에는 수상 연도와 순위가 표기된
큼지막한 문양이 새겨져 있으니 파리 여행자는 매일 아침
빵 굽는 시간에 맞춰 맛보길 추천.

유럽에서 가장 덜 외로운 나라를 꼽으라면
이탈리아 아닐까. 이탈리아 사람들은 아침마다
단골 에스프레소바에 가서(공간) 커피를 마시며(의식)
주인 및 다른 단골들과 교류한다(커뮤니티).
종교의 위세가 약해진 오늘날에도 그들에게는
커피라는 '종교'가 있기에 외롭지 않아 보인다.

#스타벅스리저브로스터리밀라노

• 2018년 12월 오픈한 스타벅스 밀라노는 세계에서 세 번째,
유럽에서는 유일한 초대형 스타벅스 리저브 로스터리
매장이자 이탈리아의 첫 번째 스타벅스 매장. 창업 초부터
전통 이탈리아 스타일의 에스프레소 커피를 표방했지만
사실 스타벅스는 전형적인 미국 스타일의 커피를 제공한다.
전 세계에 진출한 스타벅스가 이탈리아에는 섣불리 매장을
오픈하지 못했던 이유. 밀라노 스타벅스 리저브 로스터리는
스타벅스 브랜드의 자부심이 묻어나면서도 이탈리아 커피에
대한 존경을 잃지 않도록 세심하게 신경 쓴 것이 느껴진다.
밀라노 여행 시 반드시 가봐야 할 공간으로 추천.

라
비
올
리

한

접
시

여행을 즐기는 소설가 하루키는 자신의 에세이에서 이탈리아의 국경만 넘으면 파스타가 놀랍도록 맛이 없어진다고 밝힌 바 있다. 즉 이탈리아 파스타에 대한 예찬이다.

하루키의 의견에 전적으로 동의한다. 이탈리아는 어느 식당에 들어가도 최소한 파스타만큼은 맛이 좋다. 이탈리아 음식이니 맛있는 게 당연하다고 생각한다면 오산이다. 한국에서 파는 모든 비빔밥이나 삼계탕이 맛있으리라는 보장이 없지 않은가. 실제 하루키의 말처럼 이탈리아 국경만 넘어도 파스타 맛이 떨어지는 걸 보면 파스타가 만만한 음식은 아닌 셈이다. 각설하고, 이탈리아가 아닌 파리에서 내가 가장 자주 먹은 음식은 바게트가 아닌 파스타, 그중에서도 라비올리였다.

라비올리는 밀가루 반죽에 각종 고기, 채소, 치즈 등으로 속을

채운 뒤 뜨거운 물에 삶아 소스와 곁들여 먹는 파스타의 일종으로, 그 모양새나 먹는 방식이 우리의 만두와 유사하다. 속에 따라, 모양에 따라, 반죽의 배합에 따라 수백, 수천 가지의 다른 라비올리가 태어난다. 과장을 조금 보태자면 세상에 같은 라비올리는 없다. 실제 이탈리아 가정은 저마다 조상 대대로 전해오는 레시피를 자랑한다.

내가 라비올리를 즐겨 먹은 이유는 간단하다. 맛있고 만들기 편해서. 만들기 편하다고? 만두가 그렇듯 원래 라비올리는 손이 많이 가는 음식이다. 다만 대대손손 내려오는 레시피도, 요리에 대한 열정도 시간도 없었던 나는 그저 이탈리아 식료품 가게에서 판매하는 라비올리나 마트에서 파는 냉장 라비올리를 사다가 집에서 삶아 먹었을 따름이다.

그렇지만 사다 먹는 라비올리라고 '나만의 라비올리'를 만들지 못할 건 없다. 우선 내게는 가장 중요한 라비올리 선택권(!)이 있다. 때로는 타자의 선구안이 승패를 가르는 것처럼 어떤 라비올리를 고르느냐에 따라 최종 요리의 맛이 달라진다. 이 또한 레시피라면 레시피다.

그다음에 파스타 소스로 차이를 낼 수 있다. 마트에 가면 수십 종류의 파스타 소스가 도열한 채 나를 기다린다. 내가 고른 라비올리와 최적의 조합인 파스타 소스를 고르는 일은 넷플릭스에서 보고 싶은 영화를 고르는 것보다 몇 배 더 흥미진진하다. 시중에 판매되는 소스를 샀다 해도 그대로 쓰라는 법은 없다. 토마토 소스라면 추가로 갈아 넣을 생토마토의 품종, 소스에 곁들일 고기, 채소, 치즈, 사용할 올리브 오일의 등급, 산지 및 생산자, 마지막에 뿌릴 후추의 종류와 분쇄 굵기까지, 수제 라비올리는 아니지만 세상에 하나뿐인 '나만의 라비올리'를 돕는 요소는 너무도 많다.

이 정성스러운 과정을 거치고 나면 드디어 라비올리를 맛볼 수 있는 즐거움이 찾아온다. 갓 만든 라비올리는 첫 입을 베어 무는 순간 소룡포처럼 뜨거운 육즙이 흘러나오곤 한다. 그런 까닭에 입천장이 까질까 봐 후후 불며 조심조심 먹게 되는데, 그러다 보면 어느덧 심정적으로 따뜻해지는 기분이 된다. 고도의 집중력을 발휘하는 과정에서 마음에 남아 있던 부차적인 감정들도 증발한다. 소박하게 차려낸 라비올리 한 접시는 내 마음을 덜 소란스럽게 하는 정화제가 되어주었다. 갓 조리한 뜨거운 라비올리와 와인의 조합은 비 오는 날의 김치전이나 만화방의 라면까지는 아니어도 유독 외롭고 추운 파리의 겨울을 데우기에 충분했다.

추억은 사람과 사람 사이에만 생기는 것이 아니다. 살아 있는 대상이 아니어도 감정은 생겨나고 관계는 돈독해진다. 라비올리의 맛보다 라비올리를 만드는 과정, 라비올리를 먹으며 느꼈던 기분, 나만의 레시피를 찾아가던 시간이 나에게 더 또렷하게 남아 있는 이유일 테다. 레시피의 묘미는 일정 시간이 필요하다는 것이다. 친구와 신뢰를 쌓는 데 시간이 걸리듯, 물건을 길들이는 데 시간이 걸리듯, 하루아침에 완성되는 레시피는 없다. 애초에 그런 것은 레시피가 아니다. 다양한 경험과 상당한 시행착오라는 물리적, 정신적 시간을 들여야 그럴싸한, 기억에 남는 레시피를 얻을 수 있다.

나는 라비올리를 대상으로 많은 실험을 해봤는데, 내 라비올리 레시피에 가장 큰 영향을 미친 것은 이탈리아 여행이었다. 제노바에서 산뜻한 맛의 페스토 알라 제노베제에 매료된 후 나의 베스트 라비올리 소스가 확정되었다. 밀라노를 여행하며 족히 수십 가지의 치즈를 맛본 후에는 라비올리를 요리하는 마지막 단계에 파르미자노 레자노 치즈가루를 뿌린 채 뚜껑을 닫고 5분 동안 기다려야 한다는 인내심을 레시피에 추가했다! 덜어내는 것 역시 레시피의 일부다. 트러플 오일처럼 지나치게 고급스러운 식재료는 맛의 과잉을 낳기 쉽다는 교훈도 얻었다.

몇 년에 걸쳐 완성된 나의 라비올리 레시피는 나의 추억을 소환하는 트리거trigger이자 타인과의 대화를 이끌어내는 소재가 되었다. 아마도 그 유효기간이 '평생'임을 고려한다면 나만의 레시피를 만드는 건 결코 밑지는 투자가 아니다. 라비올리뿐일까. 그와 그녀의 연애에서도, 반려동물과의 교감에서도, 카페 주인과의 교류에서도 시간을 들인 만큼 완성도 높은 관계의 레시피를 얻을 수 있다.

"소울푸드가 뭐예요?" 미식의 도시 파리에 살아서인지 종종 듣는 질문이다. 라따뚜이? 꼬꼬뱅? 부야베스? 상대는 내심 프랑스 전통음식들을 기대하고 물었을 텐데 난 늘 머뭇거리다 결국 명확한 답을 하지 못한다. 심금을 울릴 만큼 애착이 가는 음식이 따로 있는 건 아니다. 그저 맛있으면 다행이고 맛없으면 서글퍼지며, 그날그날 기분에 따라 맛있는 음식도 달라진다.

생각해보건대 라비올리 역시 나의 소울푸드는 아니다. 내가 누구인지를 대변해주는 음식도 아니다. 하지만 누군가 나에게 파리에 대해 이야기해보라면, 파리에서 느꼈을 외로움에 대해 묻는다면, 라비올리로 이야기를 시작할지도 모르겠다. 처음으로 나만의 라비올리를 만들고 신기했던 기억, 어정쩡한 위치에서 더욱더 크게 느꼈을 소외감을 덜어준 레시피의 분투, 친구들과의 맛집투어를 대신해준 든든한 간식. 라비올리는 외로웠다면 외로웠을 나의 식탁을, 어쩌면 마음을 풍성하게 채워준 존재감 있는 친구다. 그게 소울푸드라면 소울푸드겠지만.

몸과 마음이 이어져 있다는
심리학 이론Embodied Cognition에 동의한다면,
외로울 땐 따뜻한 음료를 마시길 권한다.
몸이 따뜻해지면 마음도 따뜻해져서 덜 외로워질 테니.
개인적으로 외로울 땐 커피가 아닌
따뜻한 오미자 차를 찾는다.
커피는 각성효과 때문에 오히려 외로움이 또렷해지는 것
같다면, 다섯 가지 맛을 내는 오미자는
오감을 다 자극해주는 느낌이어서. 일종의 플라시보.

#각성도시서울

• Embodied Cognition 직역하면 '체화된 인지',
즉 '몸에 의해 만들어진 생각'이라는 뜻의 심리학 용어.

스위스 융푸라우 정상에서 맛본 컵라면,
부다페스트 다뉴브 강변 레스토랑에서 맛본 굴라시,
스톡홀름 어시장에서 맛본 생선수프.
추운 날 추운 곳에서 맛본 뜨거운 국물은 외로울 때
종종 떠오르는 아련한 추억이다. 내가 가장 좋아하는
일본어 표현 '나츠카시이(なつかしい, 애틋하게 그립다)'와도
어울리는 상황. 더운 나라를 사랑하지만 이런 기억들을
쌓지 못한다는 점은 더운 나라 여행의 아쉬운 부분.

#외로움의온도

• 융프라우는 알프스에서 가장 유명한 고봉. 산악기차를
타고 정상까지 올라갈 수 있으며, 정상에서 신라면을 맛볼 수
있다(무려 만 원).

• 굴라시 소고기, 양파, 양배추, 당근, 콩, 파프리카 등을 넣은
헝가리 전통 수프.

파리, 런던, 상해, 도쿄, 홍콩 등 내가 좋아하는 도시들은
모두 역사가 깊은, 들어오고 나가는 사람들의 흔적이
남아 있는 곳이다. 즉 만남의 기쁨과 헤어짐의 아쉬움이
공존하는 도시들. 한때는 경제적으로 쇠퇴했으나 지금은
도시가 지닌 문화 자체가 자산이 되어 호황을 누리는
글로벌 도시들. 그래서인지 마냥 밝지만은 않고
약간의 쓸쓸함이 묻어나는 도시들. 상대적으로 역사가 짧은
미국 도시들과는 느낌이 다르다.

#첨밀밀

• 영화 〈첨밀밀〉의 백미는 영화의 처음과 마지막이 이어진다는
점에 있다. 영화의 시작부에서는 중국 본토에서 돈 벌러
홍콩에 막 도착한 남자주인공 여명의 모습을 보여준다.
반면 마지막 장면에서는 영화 내내 여명을 시골내기 취급한
여자주인공 장만옥이 사실 여명과 같은 기차로 홍콩에 도착한
똑같은 시골내기였음이 드러난다.

유럽의 오래된 항구도시 기차역 부근에는 으레
차이나타운이 있다. 가령 함부르크, 앤트워프, 로테르담,
빌바오 등인데, 어렵던 시기에 유럽으로 이주한 중국인들이
뿌리 내린 곳이다. 한때 풍요했던 이들 항구도시는 오랜 기간
천천히 쇠락해온 역사를 안고 있기에 쓸쓸함과 애잔함이
묻어난다. 이런 곳에 갈 때면 반드시 차이나타운의 허름한
중식당에 들른다. 부침 없이 번성한 샌프란시스코나 뉴욕,
요코하마 같은 도시의 차이나타운과는 또 다른 느낌.
그러던 도시들이 중국자본의 부동산 투자, 중국인 관광객,
심지어 중국정부의 일대일로 사업으로 부활하고 있다는
사실이 흥미롭다.

#카르마

• **일대일로**一帶一路 '하나의 띠, 하나의 길'이라는 뜻 그대로.
육로와 해로를 통해 동남아시아, 중앙아시아, 서아시아,
아프리카, 유럽을 연결한다는 중국의 외교정책이자 경제정책.
육로의 경우 중국 시안에서부터 네덜란드 로테르담, 독일의
함부르크까지 연결하는 것이 목표다.

• **카르마**Karma '업보'를 의미하는 산스크리트어이자 인도
철학의 핵심 사상. 과거 중국의 노동력을 착취했던 유럽의
항구도시들이 오늘날 중국자본과 중국인 관광객들에게
경제적으로 지배되는 상황이 마치 업보처럼 느껴질 때가 있다.

바에 가는 걸 그리 즐기지는 않지만, 바의 속성에는
공감한다. 기본적으로 바는 외로운 사람들이
바텐더와 소통하기 위해 들르는 공간이다.
하지만 내게는 넷플릭스가 더 좋은 소통 상대.
좋은 술, 좋은 잔, 아이패드만 있으면
그곳이 내게는 최고의 바가 된다.
근사한 모히토를 마시고 싶을 때는 예외지만.

#언택트시대의비대면바

• 점점 많은 사람들이 넷플릭스, 혹은 넷플릭스 속
주인공에게서 위안을 얻는다. 특히 코로나19로 외부활동이
제한된 시기에는 더욱더. 넷플릭스 주가가 지속적으로
상승하는 이유다. 코로나19가 창궐한 2020년, 어쩌면
넷플릭스는 가장 안전한 투자처일지도.

일드 〈심야식당〉 속 심야식당은 현실에서 찾기 힘든 판타지 같은 공간이다. 심야식당의 포인트는 음악을 틀지 않는 데 있다. 음악 없이 혼자 요리도 하고, 접객도 하고, 심지어 손님들의 사연까지 마음에 담으며 밤새 영업하는 '마스터'가 있기에 손님들은 마음을 허물고 이곳을 찾는다. 한 끼 식사를 하는 곳이 아니라 외로움을 나누는 곳인 셈. 〈심야식당〉이 누군가의 외로움을 해소해주는 일의 가치와 고됨을 일깨워주는 교훈성 드라마로 여겨지는 이유.

#극한직업

더운 기후의 스페인은 게으른 사회다. 한낮의 더위를 피해
낮잠을 자는 대신 하루를 일찍 시작하지만
그조차 느긋하다. 단, 시장의 아침은 활기차다.
스페인에 가면 아침 일찍 시장에 가서 장을 보거나 아침을
먹어보기를. 부지런하고 따뜻한 사람들을 잔뜩 만날 수 있을
테니. (바르셀로나, 마드리드 같은 주요 관광도시의 시장은 열외.)
참고로 스페인 시장에서 스시 집이 보이면 얼른 들어갈 것.
스페인 현지 해산물로 만든, 저렴하지만 창의적인 스시를
맛볼 확률이 높다.

#알리칸테중앙시장

• **알리칸테**Alicante 로마시대부터 존재한, 인구로는 현재
스페인 8위권인 지중해 연안도시. 같은 스페인 지중해
연안도시인 바르셀로나, 발렌시아보다 소박하고 심심하지만
물가가 저렴하고 순박한 사람들 덕분에 장기 여행에 적합하다.
지역의 정취가 물씬 풍기는 알리칸테의 중앙시장은
바르셀로나나 발렌시아의 시장보다 훨씬 좋았던 기억이 있다.
참고로 알리칸테의 고바나Govana라는 레스토랑에서 맛본
빠에야는 본고장 발렌시아에서 맛본 그 어떤 빠에야보다도
훌륭했다.

'어비스리움', '마이 오아시스'는 물고기를 키우거나 나만의 오아시스를 만들어가는 한국의 대표적인 모바일 힐링 게임이다. 두 게임의 인기 비결은 다름아닌 뛰어난 그래픽 디자인. 예쁜 것을 보고 있으면 지친 마음이 자연스럽게 치유된다. 어쩌면 '예쁜 쓰레기'라 불리는 물건들이 꾸준히 히트하는 건 그만큼 일상에서 힐링을 필요로 하는 사람들이 늘어나고 있다는 시그널일지도.

#디터람스

• **디터 람스**Dieter Rams 독일 출신의 세계적인 산업 디자이너. 미니멀리즘에 기반한 디자인으로 현대 디자인 업계에 큰 영향을 미쳤다. 특히 애플의 디자인을 오랫동안 이끌어온 조너선 아이브가 가장 존경하는 디자이너로 유명하다. 디자인에 대한 기준이 높아진 세상을 만드는 데 디터 람스의 공이 크다고 생각한다.

세계에서 가장 럭셔리한 가구 브랜드 중 하나인 비트라Vitra.
스위스 바젤에는 비트라 공장 단지, 쇼룸, 뮤지엄 등이
있는데, 이곳에 가면 임스체어를 비롯한 세계 최고의
의자들에 앉아볼 수 있다. 의자에 앉아 있으면
스티브 잡스가 왜 그렇게 1인 소파에 집착했는지
단번에 납득할 수 있다. 외로움을 달래줄 공간에는
'위대한 편안함'을 안겨줄 의자가 필요하다.

#그랑콩포르

• **그랑 콩포르** Grand Comfort 직역하면 '위대한 편안함'으로,
건축가 르 코르뷔지에가 디자인한 1인용 가죽 소파.
스티브 잡스가 유일하게 좋아했던 소파로 알려진 이후
드라마 속 카리스마 넘치는 젊은 창업자의 의자는
늘 그랑 콩포르.

영화 〈사랑도 통역이 되나요?〉에서 가장 좋았던 건
마지막 장면. 두 주인공이 나누는 귓속말을 관객들조차
들을 수 없게 처리한 부분이다. 외로움을 달래주는
사람들끼리 주고받는 언어는 그들을 제외한 누구도
이해할 수 없는 거니까.

#산토리

• 빌 머레이가 연기하는 남자주인공 밥 해리스는
할리우드 인기 영화배우로 광고촬영차 들른 도쿄에서
여자주인공(스칼렛 요한슨)을 만난다. 이때 광고주가 바로
일본의 산토리 위스키. 영화가 개봉한 2003년만 해도
스카치 위스키의 아류로 조롱받았지만(심지어 영화에서도)
지금은 유수의 스카치 위스키들을 누르고 세계 최고 브랜드로
인정받고 있다.

프랑스의 철학자 사르트르에게 가장 소중한 가치는
자유였다. 그 무엇에도 구속되지 않기 위해 노벨문학상도
거부, 평생의 연인 보부아르와도 결혼 대신 계약연애,
그것도 2년마다 갱신하는 삶을 살았다.
그가 이처럼 자유를 오롯이 갈구할 수 있었던 건
그의 삶이 외롭지 않았던 덕분은 아닐까?
외로움은 때로 자유조차 포기하게 만드니까.

#자유의반대급부

• 당시 노벨상 위원이었던 라르스 일렌스텐의 회고록에
따르면, 호기롭게 노벨상 수상을 거부했던 사르트르는 몇 년
뒤 재정적으로 곤궁해지자 변호사를 통해 상금을 받을 수
있는지 뒤늦게 문의했다고 한다. (물론 위원회는 거절했다.)
이런 사르트르가 이해는 간다. 자본주의 하에서 자유는
일정 수준 이상의 경제적 여유가 수반되어야 하니까.

《500 Self Portraits》라는 책이 있다. 제목 그대로 유명인사 500명의 자화상을 모아놓은 책이다. 거울처럼 반사되는 재질의 표지 덕에 책을 펼치기 전에 자신의 얼굴을 먼저 볼 수 있게 한 센스가 돋보인다. 책을 읽다 보면 자화상을 그리는 이들은 얼굴이 아닌 자신의 외로움을 그린 게 아닐까 싶어진다. 누구도 바라보지 않는 자신의 얼굴을 들여다보면서. 애초 자화상이란 외로운 그림이다.

#반고흐

• 휴대폰 카메라의 등장으로 누구나 자화상을 가질 수 있는 시대가 도래했다. 유독 많은 자화상을 남긴 화가로 알려진 반 고흐가 10년 동안 43점을 그렸다고 하는데, 최신 스마트폰을 손에 쥔 우리에게는 분당 43장의 셀카도 결코 어려운 미션이 아니다.

외로움을 잊는 데 누군가를 진심으로 응원하는
마음만큼 도움 되는 건 없다. 그렇기에 조건 없이 보낸
응원에서 오는 배신감은 그 무엇과도 비교할 수 없다.
외로움과 배신감 모두 강렬한 감정이니까.

#팬심의강도

• Mnet 아이돌 서바이벌 프로그램으로 데뷔한 워너원과
아이즈원. 문제는 선발과정에서 멤버들에 대한
득표조작 의혹이 사실로 드러났다는 것이다. 팬덤이 컸던
그룹들이었기에 팬들의 실망감과 분노 역시 컸다.
물론 분노의 방향은 개별 멤버가 아닌 방송사와 기획사였지만,
그럼에도 두 그룹의 인기 하락을 막을 수는 없었다.

모든 대립에는 어느 정도 외로움이 존재한다.
직장상사나 직원 간의 의견대립이 잦아도 외롭다.
하루의 대부분을 함께 보내는 사람들이
서로를 이해하지 못하는 상황이 되풀이되면 외롭다.
그럴 땐 영화 〈크림슨 타이드〉를 추천한다.
상사와 직원 간에 일어나는 갈등의 끝장판을 묘사했달까.
미 해군 핵잠수함 내부라는 특수한 배경이지만,
영화를 보면 직장 내 갈등이 나만의 일이 아니구나 싶어
제법 위안이 된다. 잘만 보면 갈등을 해소할 팁도
얻을 수 있다.

#해피엔딩

일을 하다 보면 적지 않은 성취를 이뤘는데도
행복하지 않거나 외로워하는 사람들을 종종 본다.
사실 제법 자주 본다. 아마도 본인의 욕망에 솔직하지 않거나,
본인의 욕망을 모르기에 그런 듯. 행복해지려면 우선
자신의 욕망에 관한 성찰이 필요하다. 물론 자신의 욕망을
구체적으로 알고 있어도 그 욕망에 가닿기 요원하다면
더욱 외로워질 수 있겠지만. 자신의 욕망을 이해하고,
그 욕망을 충족하고, 때로는 욕망을 조절하는 것은
사람이 가장 사람답게 살아가는 방법 중 하나.

#베블런의유한계급론

• 현대인의 여러 특징적 행위들, 가령 인스타그램,
명품소비 등은 과시적 욕망에서 비롯되는 경우가 많다.
미국의 사회학자이자 경제학자 소스타인 베블런Thorstein Bunde Veblen은
이러한 과시적 욕망을 '유한계급론'이라는 이론으로 정립했다.

누군가 내게 해준 말.
창업은 가장 빨리 외로워지는 길이라고.
그런데 큰 성공을 거둔 사람들 가운데
이 외로운 시기를 거치지 않은 사람이 과연 있을까?

#스티브잡스

• 친부모에게 버림받고 자신이 창업한 회사(애플)의
주주들로부터 버림받은 바 있는 스티브 잡스에게는
상대가 자신을 버리기 전에 자신이 상대를 먼저 버리는 것이
중요한 이슈였던 듯하다. 말하자면 크게 외로워지기 전에
덜 외로워지는 길을 택한 그 나름의 리스크 헷지 전략(자신이
감내하는 위험에 대해 일종의 보험을 들어두는 행위).

최신 스마트폰은 하나같이 '카메라 성능'에 올인한다.
유튜브를 하려 해도, 셀카를 올리려 해도 카메라가 좋아야
하기 때문. 이런 현상은 나를 보여줄 기회, 사람들과
소통하는 공간이 온라인으로 이동한 것과 무관하지 않다.
내가 외롭지 않다는 것을 증명하려면 멋진 이미지가 필수다.
디지털 세상에서 페르소나의 리얼리티를 높이는
신기술이 계속 생겨나는 이유이기도.

#페르소나구현기술의가치

• 애플의 아이폰11 프로를 출시일에 구매했고, 사용한 지
3시간 후에 애플 주식을 추가로 매수했다. 애플 주가가 역대
최고가를 기록하던 시점이라 매도를 고민하던 참이었는데,
아이폰11 프로의 카메라 기능은 그럴 필요가 없다는 것을
일깨워주었다.

애플이 신제품을 소개하면 으레 혁신은 끝났다는 비판이
따라붙곤 하지만, 출시되면 바로 구매해서 써보려 한다.
그리고 판단한다. 애플 주식을 더 살지 말지를.
판단할 때는 본질에 집중한다. 가령 이런 생각들이다.
애플의 제품은 하드웨어이지만 동시에 플랫폼이며
플랫폼의 본질은 사용자 수다. 아이폰11 프로의 본질은
스마트폰이 아닌 인터넷을 자유롭게 쓸 수 있는 최신형
카메라이며, 애플의 진정한 핸즈프리 웨어러블 플랫폼은
애플워치가 아닌 에어팟이다. 애플 신제품과 애플 주식과,
애플 배당금이 있는 삶은 외롭지 않다. 음원차트에 내가
응원하는 아이돌이 언제나 순위에 올라 있는 든든함처럼.

#팬덤의이해관계

• 내가 응원하거나 동경하거나 좋아하는 대상과 나의
이해관계가 일치하기를 바라고 그렇게 하고자 노력한다.
그래야만 그 사람이 잘되기를 진심으로 바랄 수 있다고
확신한다. 가급적 짝사랑 같은 건 하지 않는다.

무엇이든 균형이 깨지는 것을 극도로 싫어하는 편이다.
그럼에도 균형을 깨뜨리는 일은 생길 수밖에 없다.
외로움 역시 내 라이프스타일의 밸런스가 깨짐으로써
발생하는 감정의 균열이라고 생각한다.
일, 건강, 가족관계, 우정, 사랑, 취미생활 등의 균형을
잘 유지해 나가는 사람은 외롭지 않다.
다만 포인트는 개인마다 그 균형점이 다르다는 사실.
자신만의 균형점을 찾아가는 노력이 필요한 이유다.

#시소

플랫폼이라는 단어를 좋아한다. 마케터에게 플랫폼은
세상을 관찰하기에 최적의 장소다. 사람과 사람을 연결하는
물리적 공간인 기차 정거장을
온라인상에서 사람을 연결하는 서비스에
대입한 것도 마음에 든다. 그럼에도 여전히 플랫폼 하면
〈해리 포터〉가 가장 먼저 떠오른다.
킹스 크로스 역은 실제로 있지만 그를 마법학교로
떠나게 해준 9와 3/4 플랫폼은 실재하지 않는 것처럼,
플랫폼 덕분에 다양한 사람들이 만나지만 플랫폼 때문에
외로운 사람도 늘어나는 아이러니 때문일까.

#세상에서가장유명한플랫폼킹스크로스

• 런던의 킹스 크로스 역 King's Cross Station은 영화
〈해리 포터〉 시리즈에서 마법학교 호그와트 행 급행열차가
떠나는 기차역이다. 기차는 실제로는 존재하지 않는 9와 3/4
플랫폼에서 출발하는데, 킹스 크로스 역의 해당 위치에는
기념사진을 찍을 수 있는 포토월과 해리 포터 기념품 가게가
있다. 당연하게도 전 세계 팬들이 매일 몰려와 성지순례를
한다.

외로울 땐 돈을 좀 더 지불하더라도 한정판을
구매하는 것이 나쁘지 않다고 생각한다. 이유는 단순하다.
잠시나마 내가 좀 더 특별한 사람이 되었다는 느낌을
누릴 수 있다. 누군가는 사치, 낭비라고 할지 모르지만
나에게는 의미 있는 소비다. 심지어 누군가는 한정판 덕분에
리셀러가 되어 큰돈을 벌기도 하니.

#피스마이너스원에어포스

• 빅뱅의 지드래곤(피스 마이너스 원)과 나이키(에어포스) 간의
콜라보. 정가 21만 9000원에 발매된 이 신발은 순식간에
품절되었고, 중고 거래 사이트에서 무려 1300만 원에
거래되기도 했다.

반복은 지루하기도 하지만 반갑기도 하다. 매일 새벽
받아보는 일간지는 커피와 함께 나를 반겨주는 존재다.
매일 자정에 공개되는 네이버 웹툰은 자기 전에 보는 만큼
조금 다른 감성을 느낄 수 있다.
반면 시간대가 맞지 않아 아침 드라마를 보지 못하는 건
아쉬울 따름. 읽어야 할 콘텐츠가 차고 넘치는 요즘,
매일 아침 정기적으로 발행되는 콘텐츠의 경쟁력은
개인의 외로움 관리역량에 있는지도 모르겠다.

#모닝브루

• **모닝브루**Morning Brew 다양한 시사 뉴스를 쉽고 재미있게
편집해 큐레이션하는 이메일 구독 서비스. 주요 타깃은
신문을 읽지 않는 밀레니얼 세대다. 쉽게 말해 뉴닉이 한국판
모닝브루인 셈. 'Morning(아침)＋Brew(커피를 내리다)'라는
네이밍 또한 센스 있다. 나를 비롯한 많은 이들에게
모닝커피가 하루를 시작하는 루틴인 것처럼 자신들의
서비스도 매일 이용해달라는 메시지가 담겨 있으니.

《언어의 온도》로 유명한
이기주 작가의 신작 《일상의 온도》를 읽다가,
언젠가는 《외로움의 온도》도
출간되지 않을까 하는 실없는 생각을 했다.
차가운 외로움은 알겠는데, 뜨거운 외로움은 어떤 느낌일까?
따뜻한 아이스 아메리카노 같은 걸까.
단언할 수 있는 건 각자 느끼는 외로움의 온도는
다를 거라는 사실.
#베스트셀러의제목

영화 〈파리로 가는 길〉에는 외로운 개인이
이성에게 원하는 (거의) 모든 것이 늘어서 있다.
맛있는 음식, 훌륭한 와인, 산책, 피크닉, 관심, 배려, 대화,
시간적 여유, 약간의 스킨십, 심지어 부담스럽지 않은
유혹까지. 이 모든 것에 '돈'이 포함되지 않은 것도
분명한 매력 포인트. 이 영화를 만든 엘레노어 코폴라는
〈대부〉의 감독 프랜시스 포드 코폴라 감독의 아내.
마치 자신에게 소홀한 남편에게 보내는 메시지 같은 영화.

#우아한복수

나홀로 여행은 외로움을 해소하는 괜찮은 수단이 될 수
있다. 우선 일상이 아닌 여행지에서 느끼는 외로움은
'혼자여도 괜찮다'는 명분이 된다. 혼자를 즐기고 혼자를
이해하는 시간이다. 여행지에서 비슷한 외로움을 겪는
사람들과 어울릴 여지도 있다. 이건 나홀로 여행자들만의
특권이다. 틴더 같은 어플이야말로 세계적으로 나홀로
여행이 늘어나는 현상의 최대 수혜자.

#MatchGroup

● 틴더Tinder는 애플과 안드로이드 앱스토어에서
늘 매출 1위를 다투는 어플이다. 덕분에 나스닥에 상장된
틴더의 모기업 매치그룹Match Group의 주가도 몇 년간 꾸준히
오르고 있다. 코로나19 국면에서 하락세에 접어들기도 했으나,
소셜 데이팅 비즈니스가 코로나19의 직격탄을 맞은 업태임을
감안하면 추후 빠르게 회복될 가능성이 있다. (그리고 실제로
순식간에 회복되었다.)

태국은 내게 힐링을 상징한다. 특히 방콕은 외로운 사람에게 가장 먼저 추천하고 싶은 여행지 중 하나.

따뜻한 기후, 불교 문화권의 친절한 사람들, 정신적 힐링으로 이어지는 마사지, 마음의 여유를 주는 저렴한 물가와 맛있는 음식까지, 외로움을 줄여주는 모든 요소를 갖추고 있다.

굳이 단점을 꼽자면 서울보다 나쁜 공기.

방콕은 자주 못 가더라도 종종 타이 레스토랑에 가는 이유.

#리추얼

• 파리에 살던 시절, 한두 달에 한 번씩 에펠탑 근처에 있는 에라완Erawan이라는 타이 레스토랑을 찾는 것은 말하자면 나만의 리추얼 같은 것이었다. 에라완은 40여 년 전 부모님과 함께 이민 온 사장님이 대를 이어 운영하는 식당으로, 아주 맛있거나 최상의 식자재를 사용하는 곳은 아니지만 완전히 현지화된 사장님의 성향 덕에 와인 셀렉션과 디저트가 훌륭하다. 특히 사장님이 직접 만드는 타로 맛 아이스크림 강추.

이태리 북부의 항구도시 제노바. 대부분의 항구도시가
그렇듯 범죄율도 높고 대단한 볼거리도 없어서 인기 있는
관광지는 아니지만 물가가 저렴하다는 장점이 있다.
내 경우엔 원조 제노베제 바질페스토 소스를 먹기 위해
찾았는데, 급하게 들른 제노바 기차역 인근의 허름한
레스토랑에서 맛본 런치세트가 기억에 오래도록 남았다.
다진 참치 링귀네 파스타, 편마늘과 볶은 말린 대구요리,
프로세코 한잔, 에스프레소 한잔. 모두 훌륭한 맛이었다.
심지어 내가 지불한 돈은 단 10유로. 외로울 수 있는
나홀로 여행자에게 가장 힘이 되는 건 단연코
맛있고 저렴한 음식.

#10유로의큰행복

• 베네치아와 더불어 유럽과 동방을 잇는 중계무역의
중심지였던 제노바는 이후 베네치아에 밀려 쇠퇴했다.
웃프지만 내가 제노바에서 누린 10유로의 큰 행복은
제노바의 경제적, 정치적, 군사적 몰락 덕분(?)이다.

여행지에서 그 도시의 인상을 결정하는 것 중 하나는
하늘이다. 상해의 하늘은 빛이 적어서인지 매연 탓인지
유독 칙칙하다. 어쩌면 화려한 색감을 뽐내는
상해 사람들의 옷차림이나 고층 건물과 대비되어서인지도.
무채색 옷을 즐겨 입는 홍콩 사람들과는 또 다른 느낌이다.
상해 사람들, 아니 상해라는 도시가 외로워 보이는 이유.
어쩌면 영화 〈색계〉의 영향인지도 모르지만.

#라이카

• 라이카는 유독 빛의 영향을 많이 받는 카메라다.
빛이 적은 상해를 라이카로 멋지게 담아내기란 쉽지 않지만,
그런 제약사항 때문에 때로는 예상치 못한 멋진 사진을 건질
수 있다. 가뭄이 극심한 해에 자란 포도가 응축된 풍미를 지녀
마스터피스 와인이 탄생하듯이.

외로움을 부정적인negative 감정 상태가 아닌
중립적인neutral 감정 상태라고 받아들이는 것도
외로움에 대처하는 훌륭한 방법 중 하나다.
겨울이 오면 추워지고 여름이 오면 더워지듯,
외로움을 주기적으로 그리고 반복적으로
찾아오는 감정으로 받아들이는 것.
물론 너무 추우면 두꺼운 옷을 껴입고, 너무 더우면
에어컨을 트는 것처럼 외로울 때 친구와 수다를 떨거나,
좋은 영화를 보거나, 분위기 좋은 맛집에서 색다른
한 끼를 먹는 정도의 대응은 필요하다.

#프레임

• 프레임frame 일반적으로 액자나 창의 테두리 또는
안경테 등을 의미하지만, 특정 이슈를 바라보는
관점 및 사고방식이라는 심리학적 의미로도 사용된다.

외로움의 속성은 강도, 빈도, 유형에 따라 달라진다.
외로움을 받아들이는 전제는 외로움이 다 같은 외로움이
아니라는 사실을 인지하는 것.
타인, 그리고 무엇보다 자신의 외로움에 획일화된 대응을
하고 있는 건 아닌지 생각해봤으면.

#외로움의컬러

우리가 외로움에 취약한 이유는 혼자만의 시간과 공간에서
살아본 경험이 부족하기 때문 아닐까? 철저히 혼자가
되어보고 싶다면 유럽 소도시 한 달 살기'를 추천한다.
외로움에 대한 맷집을 키울 수 있을 것이다.

#에어비앤비

• 에어비앤비는 '여행은 살아보는 거야'라는
브랜드 캠페인을 대대적으로 진행한 바 있다.

가
장
외
로
운
여
행
지

에그타르트를 사랑한다. 사랑하기에 아무 에그타르트나 먹을 수 없다. 원래 사랑하면 다 그런 거다. 내가 먹을 수 있는 최고의 에그타르트를 심사숙고해서 고르는 것이야말로, 에그타르트에 대한 나의 자세이자 예의다. 에그타르트를 언제부터 좋아했는지는 잘 기억나지 않지만 사랑에 빠진 순간만큼은 정확히 말할 수 있다. 그 전엔 시야에 들어온 적 없던 작고 동그란 디저트의 존재감을 인지한 것은 홍콩 KFC에서 파는 가성비 뛰어난 에그타르트를 먹은 후부터였다.

에그타르트는 포르투갈 음식이고, 마카오는 포르투갈의 식민지였으니, 마카오에 이웃해 있는 홍콩의 에그타르트가 맛있다는 사실은 맥락에 부합한다. 그러나 맛있다는 이유만으로 에그타르트와 사랑에 빠진 건 아니다. 예쁘고 잘생긴 이성이라 해서 무조건 반하

지 않는 것과 마찬가지다. 대부분의 사람은 자신과 비슷한 타인에게 끌린다. 에그타르트라는 음식은 경계인으로 살아가는 나와 왠지 닮아 보였다. 때로는 식후에 먹는 달달한 디저트였다가 때로는 가벼운 한 끼 식사가 되는 빵 같은 에그타르트에서 여행자도 아니면서 프랑스 사회에 완전히 편입되지도 않은 채 살아가는 나의 모습이 보였다. 복잡미묘하게 설명했지만 결국 자기애에 관한 이야기다.

난 나를 좋아하지만 시기에 따라 편차는 있다. 누군가를 더 좋아하고 덜 좋아할 때가 있는 것처럼, 스스로를 더 좋아하고 덜 좋아할 때도 있다. 한동안 외로웠고, 그에 비례해 자존감은 떨어졌으며, 그랬기에 자기애를 보충할 필요가 있었다. 나의 리스본 여행은 그렇게 시작되었다.

리스본을 여행해야 하는 이유는 일일이 나열하기도 어려울 만큼 다양하지만, 당시 내게 리스본은 더도 덜도 아닌, 에그타르트의 성지 '파스테이스 데 벨렘Pasteis de Belem'이 존재하는 도시였다. 에그타르트의 탄생지에서 세계 최고의 에그타르트를 마주하는 건 나에 대한 애정을 회복하기 위해 반드시 필요한 여정이었다. 즉 파스테이스 데 벨렘이 나의 산티아고이자 예루살렘이었던 셈이다.

모든 성지가 그러하듯 파스테이스 데 벨렘 역시 언제나 순례자들로 붐빈다. 엄청나게 큰 매장인데도 한참 줄을 서서 기다려야 한다. 성지에 발을 들일 수 있는 시각은 아침 8시. 나는 당연히 아침 8시에 도착할 계획을 세웠다. 내가 머물던 구시가지에서 트램으로 30분이면 갈 수 있었지만 그 경로를 버리고 한 시간 넘게 해안가를 따라 걷는 고행의 길(?)을 택했다. 나를 마주하기 전(에그타르트를 먹기 전) 최선을 다해 이왕이면 가장 배고픈 상태에서 가장 맛있게 먹고 싶었기 때문이다. 걷다 지쳐 에그타르트에 대한 호기심이 식어갈 때쯤 어디선가 갓 구운 빵과 계란 특유의 고소한 향, 달달한 시나몬 파우더 향이 흘러나와 성지에 거의 도착했음을 알렸다.

그런데 웬일인지 오픈 전부터 줄을 선다던 매장 앞에 사람들이 보이지 않았다. 마침 그날은 월요일이었고 비마저 내린 탓인지 신도들은 오전 9시가 되어서야 하나둘 나타나기 시작했다. 오픈 시간에 맞춰 우아하게 에그타르트를 먹겠다던 나의 계획과 달리 뭔가 쓸쓸한 분위기가 되었지만 크게 개의치 않았다. 나는 그렇게 갓 구운, 바삭바삭한, 비릿하지 않은, 가장 완벽한 상태의 나 자신과 조우했다. 에스프레소 한잔에 무려 여섯 개나 되는 에그타르트를 단숨에 먹어치웠다. 10유로의 행복은 완벽했다. 드넓은 수도원 홀 같은 곳에서 인생의 마지막이라 해도 좋을 에그타르트를 놓고 감상에 빠졌다. '앞으로 다시는 먹을 수 없을 거야. 심지어 이 가게에 다시 온다 해도.' 그리고 이 생각은 현실이 되었다. 적어도 아직까지는.

훌륭한 에그타르트를 먹는 데는 성공했지만, 내 기억 속 리스본은 유럽에서 가장 외로운 도시로 남아 있다. 특별한 이유가 있는 것은 아니다. 단순히 리스본을 여행할 당시 내가 꽤 외로웠기 때문이다. 리스본 입장에서는 조금 억울할 수 있겠지만 호카곶이 위치한 유럽대륙의 끝, 게다가 과거에는 육지의 끝이자 콜럼버스를 비롯한 수많은 이들을 떠나보낸 항구였고 쓸쓸한 음률의 음악 파두Fado의 탄생지인 리스본은 사실 외로운 정서로 가득한 도시다. 그렇게 생각하면 리스본을 외로운 도시라 칭해도 크게 미안할 건 없어 보인다. 애초 리스본을 여행지로 택한 것도 외로움이 발단이 되었으니까. 여느 여행과 달리 리스본에서 소소한 사치를 꽤 즐긴 것도 그 때문이었다. 사치는(특히 여행자의 경우) 외로움을 달래는 효과적인 장치다. 여기서 중요한 건 강도가 아니라 빈도다. 괜찮아 보이는 레스토랑에 무작정 들어가 이런저런 메뉴를 시켜보기, 비뉴 베르드 같은 포르투갈 와인을 잔으로 주문해 연달아 맛보기, 바다가 보이는 테라스 바에서 최고급 시가인 코이바Cohiba 한 대 피워보기, 포르투갈 식 '잉글리시 블랙퍼스트'를 즐기기 위해 영국인들이 운영하는 부티크 호텔에 하루 머물기 등, 외로운 리스본에서 나의 자잘한 사치 행각은 계속되었다.

돌이켜 생각해보면 리스본은 작은 사치를 즐기기 위한 인프라가 잘 갖춰진 도시였다. 물가는 저렴하지만 좋은 취향의 사치재를 찾는 게 그리 어렵지 않다. 시작은 영국인들 덕분이었다. 영국과 프랑스 간의 전쟁으로 당시 프랑스의 전략 품목이었던 와인 수출이 금지되자 영국인들은 포르투갈로 넘어가 직접 와인을 생산해 영국으로 수출했다. 영국과 포르투갈 사이의 저관세 협약도 한몫했다. 따뜻한 날씨, 저렴한 물가, 친절한 사람들에 반한 덕에 영국인들 상당수가 포르투갈에 눌러앉았고, 그들의 고급스러운 취향도 함께 포르투갈 사회에 이식되었다.

최근에는 영국뿐 아니라 전 세계 부유층이 포르투갈에 몰려든다. 포르투갈 정부가 경제위기를 극복하고자 5억 원 이상의 부동산을 취득하는 외국인에게 소위 황금 비자Golden Visa라는 영주권을 발급하면서 중국인을 비롯한 수많은 부자들이 포르투갈에 관심을 보이고 있다. 참고로 포르투갈 비자는 EU 비자에 해당되니 그 가치가 높다. 경기가 좋지 않은데도 포르투갈의 부동산이 폭등하는 이유다. 또한 서유럽에서 연달아 테러가 발생하면서 관광객이 몰려들기 시작했고, 자연스럽게 에어비앤비 수요도 증가했다. 이 때문에 부동산 가격은 더욱 상승했고 더 많은 자본과 그 자본의 소유주들이 포르투갈로 이동했다. 낮은 물가에도 다양한 사치가 리스본에 존재하는 나름의 이유다.

과거 세계 곳곳에서 영역을 넓혀가던 포르투갈이 자신의 식민지였던 브라질을 비롯한 전 세계 자본의 영향을 받는 상황은 뭔가 아이러니하게 느껴졌다. 당시 내가 머물던 파리와 달리 포르투갈 사람들은 착하고 순박했기에 더 애틋한 마음이 들었던 걸까. 어쩌면 단순히 내 마음이 외로워서였을 수도 있다. 대다수의 포르투갈 사람들은 내가 외롭다고 느낀 그 순간, 해외 자본이 유입돼 일자리가 늘어나고, 돈이 돌고, 부동산 가치가 상승하는 물질적 행복을 만끽하고 있었을지도 모른다. 그럼에도 난 리스본을 유럽에서 가장 외로운 도시라 우겨보고 싶다.

다행히 외로운 포르투갈 여행에서 대활약을 한 다크호스가 있었다. 뜻하지 않게도 '문어'였다. 문어는 서울뿐 아니라 파리에서도 비싼 음식이다. 외로운 도시 리스본에서 내 마음을 채워줄 훌륭한 요리가 필요했고, 어느 다큐 프로그램에서 스쳐 지나가듯 본 포르투갈 문어 요리는 당시 가장 먼저 떠오른 '좋은' 음식이었다. 서둘러 검색한 후 예약한 식당으로 향했다. 깔끔한 공간, 리스본치고는 제법 비싼 가격, 멋진 플레이팅. 하지만 문어의 맛은 기대보다 평이했다. 나쁘진 않았지만 이 정도에 만족하려고 문어에 도전한 건 아니었다. 포기하지 않고 다음 날에도 도전을 이어갔다. 이번에는 리스본의 명물 문어밥. 마치 해산물 국밥 같은 느낌의 포르투갈 전통 음식인데, 리스본을 방문했던 블로거들의 호평과 달리 나에게는 이렇다 저렇다 말하기 어려운, 진부한 표현이지만 참으로 애매한 맛이었다.

맛있는 문어 요리를 향한 나의 집념과 도전, 아니 외로웠던 나 자신에 대한 보상이 이렇게 허무하게 끝나는 건가 상심하던 중, 어느 가게에서 운명적으로 마주친 문어 통조림이 나를 구원했다. 미적으로 대단히 뛰어난 디자인의 해산물 통조림으로 가득한 가게였다. 촉이 왔다. 맛이 좋을 거라는. 그리고 그 촉은 정확했다. 이틀 동안 쓴 돈과 마음고생이 잊힐 정도의 맛과 가성비를 겸비한 문어 통조림은 내게 리스본이라는 여행지의 해피엔딩을 선사했다.

외로운 도시라 해서 낭만이 없는 것은 아니다. 오히려 거리의 낭만과 외로움 지수는 비례하기 마련. 언덕이 많은 리스본 구도심의 가장 높은 곳에 위치한 알칸타라 전망대는 영화 〈리스본행 야간열차〉의 촬영지로 유명한 관광지다. 석양이 질 무렵이면 리스본의 거의 모든 커플과 여행자들은 노을과 뷰, 거리 음악가들의 파두 연주를 즐기기 위해 이곳으로 모여든다. 나 역시 리스본에 머무르는 동안 종종 이곳으로 향했다. 포르투갈 산 화이트 와인 한 병과 문어 통조림을 들고.

• 나중에 알게 된 사실이지만 어업은 농업, 임업과 더불어
포르투갈의 주요 산업이다. 해산물 통조림은 오랜 역사를 지닌
포르투갈의 주요 수출품이자 포르투갈을 찾은 여행객들의
주요 기념품이다.

아르데코 풍의 오래된 유럽 수영장을 보면 특별한 감정이
생겨난다. 유럽의 오래된 수영장들은 대부분 아르데코
양식이다. 영화 〈카모메 식당〉의 배경인 헬싱키에 있는
이루욘카투Yrjönkatu 수영장, 영화 〈라이프 오브 파이〉
초반부에 나오는 파리의 몰리토 수영장Piscine Molitor은
반갑고 아름답다. 한때 한국의 롤라장이 그랬듯
당시에는 그 도시에서 가장 힙한 공간이었을 것이다.
많은 이들이 멀리서 일부러 찾아오는 곳이었지만
지금은 인근 주민들만 찾는 그저 그런 공간이 된 터라
왕년의 스타를 마주친 것처럼 반갑고 애잔하다.
물론 파리의 호텔 루떼띠아 수영장처럼 에르메스 매장으로
개조되어 파리뿐 아니라 전 세계 사람들이 몰리는 곳도
간혹 있지만.

#슈가맨

• JTBC 〈슈가맨〉에는 왕년의 가수들이 출연해 화제가 되곤
한다. 다른 방송에도 출연하고 콘서트를 열기도 하지만, 대개
그 인기는 금방 사그라든다. 반짝 인기 후에 또다시 잊혀질
왕년의 스타들을 생각하면 씁쓸해진다. 내게 〈슈가맨〉은
외로운 프로그램.

지인은 외로울 때 조깅을 하는 반면, 나는 외로울 때
산책을 한다. 지인은 뛰는 동안에는 잡생각이 들지 않아
외로움을 잊을 수 있다고 한다. 반면 난 산책하는 내내
이런저런 생각을 하며 외로움을 떨쳐낸다. 가만히 앉아서
하는 생각과 달리 걸으며 마주치는 풍경, 경치, 사람들로부터
받는 자극은 으레 다양한 생각으로 확장되곤 한다.
물론 어떤 곳을 언제 걷는지도 중요한 변수다.
조깅은 생각할 여유가 없기에 외려 내게는 외로운 행위다.
옳고 그름은 없다. 취향의 차이가 있을 뿐.

#타인의취향

완벽한 여행을 만드는 조건은 여러 가지다.
여행지, 날씨, 여행기간, 함께 떠나는 사람 등. 하나같이
외로움을 증폭시킬 수도, 덜어줄 수도 있는 변수들.
일단 떠난 다음에는 내가 어찌하기 힘든 요소들이지만
그나마 조정할 수 있는 것을 꼽자면 여행기간이다.
내 경우 일상으로 돌아가긴 아쉽지만 집이 조금씩 그리워질 때
마무리하는 여행이 가장 만족스럽다. 아주 약간의 아쉬움은
외로움을 잘 관리하는 스킬 중 하나다.
모든 일에는 타이밍이 중요하다.

#주식매도

• 주식투자를 잘하느냐 못하느냐는 결국
매도 타이밍을 얼마나 잘 잡는지에 따라 결정된다.

파리에 머무는 동안 에비앙, 볼빅, 비텔 등 다양한 생수를
브랜드 별로 바꿔가며 마셨다. 모든 생수 브랜드가 자사
제품의 미네랄 성분에 대해 광고하는데, 이를 의심하거나
검증하는 대신 그냥 믿고 골고루(?) 마셔보자는 생각이었다.
미네랄을 골고루 섭취하면 더 좋을 테니까.
인생도 마찬가지다. 어쩌면 다른 사람들의 말을 곧이곧대로
믿는 편이 덜 외롭게 사는 요령일 수 있다.
다만 그 믿음 때문에 발생하는 리스크는
자기만의 방식으로 적절히 관리할 수 있어야 한다.
믿음 역시 한정된 자원이므로.

#분산투자

포르토피노라는 이탈리아 휴양지가 있다. 페라리, IWC 같은 최고 명품 브랜드들이 포르토피노 제품라인을 출시할 정도로 유럽의 상징적인 럭셔리 휴양지. 좁고 가파른 협곡에서 내려다보면 요트들이 빼곡히 정박해 있고, 절벽에는 화려한 별장들이 자리잡고 있다. 한마디로 예전 〈007〉 시리즈에 나올 법한 곳이다. 이곳에 가려면 고속열차를 타고 제노바까지 간 다음 아주 느린 로컬 기차로 갈아타고 인근 기차역에 내린 후 다시 20분가량 버스를 타고 굽이굽이 들어가야 한다. 즉 접근성이 떨어진다. 예전부터 유럽의 부자들이 이곳을 유독 사랑한 건 완벽한 프라이버시가 보장되기 때문인지도 모르겠다. 프라이버시는 소속감으로 이어지고, 외로운 부자들은 종종 소속감을 원한다.

#제임스본드

• 내 취미 중 하나는 클래식 〈007〉 영화를 다시 찾아보는 것이다. 가령 숀 코넬리 주연의 1964년 작 '골드핑거', 로저 무어 주연의 1962년 작 '나를 사랑한 스파이' 같은. 〈007〉은 태생부터 대중영화이자 블록버스터인 만큼 그 시대 트렌드를 엿볼 수 있어서 마케터인 내게 매력적이다. 패션, 자동차, 첨단기술, 브랜드까지 하나의 패키지에 담은 느낌.

일본식 곶감 호시가키는 한국식 곶감과 품종 및
건조하는 중간 과정은 다르지만 실제 먹어보면 감칠맛 외엔
별반 차이가 없다. 최근 호시가키가 미국에서 슬로푸드로
큰 인기를 얻고 있는데, 원인은 놀랍게도 감을 건조하는
방식과 과정이 아름다워서라고. 사람들은 감을 말리는
몇 달 동안 이미 눈으로 감상하는 것이다.
흔히 '기다림의 미학'이라는 표현을 쓰는데,
이제는 기다림마저 시각적으로 아름답게 보여줘야 하는
시대가 되었는지도.

#슈프림의목요일

• 스트리트 패션 브랜드의 대표주자 슈프림. 전 세계 슈프림
매장 가운데 뉴욕, LA, 도쿄, 런던, 파리 매장 앞에는 매주
사람들이 줄을 선다. 이들 매장에서 매주 목요일 드롭(신제품
출시)이 이루어지기 때문. 그렇기에 이 다섯 곳의 슈프림
매장은 특별히 감각적이고, 심미적이고, 힙하다. 기다리는
이들에게 눈요깃거리를 줘야 하니까. 아이폰이 출시될 때마다
장사진을 이루는 애플스토어의 설계와 인테리어에
스티브 잡스가 심혈을 기울인 것도 같은 맥락.

'생각이 고인다'는 표현을 즐겨 쓴다. 생각이 고이려면
시간이 필요하고, 생각이 고여야 좋은 글을 쓸 수 있다.
외로움도 다르지 않다. 외로움이 고이는 데에도
시간이 필요하다. 자신이 외롭지 않다고 생각하는 사람들
가운데 상당수는 외로움이 고일 여유조차 없는 것일지도.
이렇게 생각하면 외로움도 외롭지만은 않다.

#여름휴가아닌바캉스

• 프랑스인들은 매년 한 달씩 여름휴가, 즉 바캉스를 떠난다.
그 외에도 쉬는 날이 수두룩하다. 그들에게는 생각이 고일
시간적 여유가 있다. 프랑스 경기가 매년 나빠지는 것과
관계없이 프랑스에서 창의적이고 뛰어난 철학자, 작가,
디자이너, 음악가가 지속적으로 배출되는 이유다.

목욕탕 미에로화이바 200원, 수영장 월드콘 500원, 새마을호 바나나우유 150원. 외로울 때면 어릴 적 비싸서 자주 먹지 못했던 것들을 사 먹는다. 그때보다는 비싸지만 그때만큼 비싸게 느껴지지는 않는 것들. 뭐라 설명할 수는 없지만 외로움이 조금 가시는 것 같달까. 아마 이 정도면 성공한 인생이라는 느낌이 들어서인가 보다.

#이대로죽을순없다

• 유튜버 박막례 할머니의 에세이
《박막례, 이대로 죽을 순 없다》는 일단 제목이 좋다.
이것저것 해보면서 살다 보면 예전에 누릴 수 없던 즐거움을
느낄 기회도 분명 온다고 믿는다.

해태 후렌치파이를 사 먹을 때마다 배신감의 총량도
증가한다. 본래 두 개씩 들어 있던 후렌치파이가
낱개 포장으로 바뀌었고, 파이에 올라간 딸기잼 양도
줄어서, 먹을 때마다 야박함에 외로워진다.
심지어 가격도 인상했다! '정'이라는 브랜드 컨셉답게
과자의 크기는 줄이지 않고 가격만 높인 오리온 초코파이를
칭찬한다. 그럼에도 끊을 수 없는 이유는 프렌치파이가 아니라
후렌치파이라서.

#나의브랜드애착

• 심리학 연구에 따르면 사람들은 외로울수록 무언가에
애착을 보인다. 브랜드 역시 애착의 대상이 되기에 적절하다.
문제는 브랜드 애착을 넘어 브랜드에 집착하는 사람들도
적지 않다는 사실.

프리랜서에 대한 나름의 정의를 내려본다. 불안정한
수입을 감수하는 대신 원치 않는 관계를 거부할 수 있는,
운 좋으면 잘 맞는 이들과의 관계에 집중할 수 있는
직무형태. 소속이 없고 혼자 일하기에 일견 외로워 보이지만
사실은 덜 외로운 직무형태.

#프리랜서지만잘먹고잘삽니다

• 우연히 읽은 《프리랜서지만 잘 먹고 잘 삽니다》라는 책에서
제목과 달리 먹고살기 만만치 않은 프리랜서의 현실이
느껴졌다. 하지만 건강한(?) 외로움을 위해서라면
어느 정도의 소득 감소는 감내할 가치가 있다.

그리스 신화를 통틀어 가장 외로운 이는 카산드라 아닐까.
아폴론으로부터 미래를 내다볼 수 있는 예지력을 받았지만
아폴론의 저주 때문에 누구도 믿어주지 않는 비운의 캐릭터.
신화든 현실이든 자신의 능력을 어디서도 인정받지 못하는
건 무척이나 외롭다. 특히 마음만 먹으면 개인도 얼마든지
자신의 목소리를 내고 인플루언서가 될 수 있는
지금 같은 시대에는 더욱더.

#비인플루언서의외로움

• 유튜브나 오디션 프로그램 덕에 유명인이 아님에도
하루아침에 인플루언서가 되는 경우가 종종 있지만
사실 그들 또한 시기를 잘 탔거나 운이 좋았던, 조금 확장된
소수일 따름. 오히려 '일반인 인플루언서'가 탄생할 가능성보다
그들을 보는 주변인들의 상대적 박탈감을 키울 가능성이
더 커 보인다.

오래된 브랜드의 로고를 바꿀 때 유의할 점이 있다.
기존 고객들이 그 변화를 인지하지 못하도록,
적어도 거부감은 들지 않을 만큼 적당히 바꾸는 것.
브랜드와 함께 오랜 시간을 보내온, 브랜드와 함께
살아가는 사람들이 낯설어하지 않도록, 아끼던 브랜드가
사라지는 외로움을 느끼지 않도록.

#버버리

• 2018년 리카르도 티시가 새로운 크리에이티브 디렉터로
부임한 버버리는 20년 만에 세련된 산세리프 형태로 로고
교체를 단행했다. 하지만 기대와 달리 고객들로부터 좋은
반응을 얻지 못했는데, 버버리라는 역사 깊은 브랜드에 얽힌
자기만의 추억이 날아가버릴지 모른다는 반발심 때문
아니었을까.

대부분의 크리에이터들에게는 전성기가 존재한다.
시간이 흐를수록 높아지는 기술적 완숙도와
시간이 갈수록 낮아지는 창의력이 교차하는 지점 어딘가에.
크리에이터들은 자신이 정점에서 내려올 때를 본능적으로
감지한다. 어쩌면 크리에이터가 가장 외로워지는 순간 아닐지.
그래서 난 요즘 넷플릭스의 행보가 반갑다.
마틴 스콜세지, 마이클 베이 등 자신의 장르에서 존경받는
거장, 그렇지만 전성기는 지난 감독들에게 무한한 창작의
자유와 경제적 지원을 약속하며 작품을 의뢰하는 넷플릭스.
이에 부응해 자신의 경험과 인맥, 에너지를 총동원해
영화를 만드는 감독들. 그렇게 탄생하는 명작들.
그리고 제2의 전성기.

#아이리시맨

• 영화 〈아이리시맨〉은 노감독 마틴 스코세지가 연출을,
로버트 드 니로, 알 파치노, 조 페시 등 노배우들이 주연을
맡아 열연했다. 그들의 노련한 연기력에 비해 다소 부족한
에너지를 CG, 디에이징 등의 최신 기술과 넷플릭스 자본이
보완했기에 가능한 결과물.

밀레니얼 소비자의 필수템인 애플의 무선 이어폰
에어팟을 보고 있으면 참 재미있다. 외부로부터 격리되는
노이즈캔슬링과 신체적 자유를 부여하는 핸즈프리의 결합.
보면 볼수록 완벽한 자유를 구현한 영리한 제품이다.
어쩌면 밀레니얼 세대에게 외로움은 그리 중요한 이슈가
아닐지도 모른다. 나아가 자발적 외로움이라면 더더욱.

#외로움의비용

• 에어팟이 외로움을 달래는 도구든 외로움을 추구하는
도구든, 밀레니얼 세대의 개인주의 성향을 감안한다면 이들이
외로움에 들이는 심리적 비용은 다른 세대에 비해 결코 적지
않다는 것을 알 수 있다.

처음 만나는 사람에게서만 느껴지는 설렘 같은 감정이 있다.
이런 감정에 지나치게 익숙해지면 쉽게 외로워진다.
설렘은 축적이 아닌 휘발의 감정이기 때문.
새로운 만남에 대한 기대 뒤에는 실망감이 따르기 마련이고,
어느 순간 설렘의 허무함을 알게 되면 새로운 사람을
만나기 어려워질 테니.

#화학조미료같은감정

• 화학조미료가 들어간 음식은 자극적이기에 맛있지만,
그 맛에 익숙해져버리면 다양한 맛을 풍성하게 느끼는 미각을
상실하기 쉽다. 자극적인 감정 역시 마찬가지니 주의가
필요함.

화성에 홀로 남겨진 과학자의 생존기를 그린 영화
〈마션〉은 한국 스타트업 대표들이 가장 빈번하게 언급하는
영화이기도 하다. 생존을 위한 예측, 계획, 실행,
도중에 발생하는 시행착오와 예상치 못한 변수들,
반복된 계획수정과 그 과정에 필요한 인내, 무엇보다 홀로
어려움을 이겨내야 하는 주인공의 외로움에 공감해서일까?
영화에서 주인공이 외로움을 극복할 수 있었던 것은
자신의 외롭고 힘든 상황을 실제보다 긍정적으로도
부정적으로도 바라보지 않는 자기객관화 능력과
특유의 유머감각 덕분이다.

#Iamnotgoingtodiehere

• 영화 〈마션〉 속 맷 데이먼의 명대사
"I am not going to die here." 어쩌면 외로움과
삶에 대한 애착은 반비례하는지도 모르겠다.

우연히 읽은 책의 만듦새가 좋았다.

종이의 질, 인쇄 상태, 하이라이트나 주석을 표기한 방식,

사진 사용을 의도적으로 배제한 것까지. 편집자의 공들임이

고스란히 전해지는 책. 어떤 날은 이런 책을 읽으면 외로움이

가신다. 정성 들여 지은 밥 한 끼를 대접받는 기분이어서.

반면 어떤 날은 이런 책을 읽고 더 외로워진다.

좋은 책을 처음 펼칠 때의 느낌이 한 페이지 한 페이지

사라지는 아쉬움에.

#모두같은달을보지만서로다른꿈을꾼다

• 트레이더이자 작가인 김동조 님이 직접 출간한 《모두 같은 달을 보지만 서로 다른 꿈을 꾼다》는 저자가 4년간 블로그에 올린 투자일지 모음이다. 3만 원이라는 꽤 높은 가격에도 읽어볼 가치가 충분한, 내가 뽑은 '올해의 책.'

요즘 많은 사람들이 직장을 나와서도 살아갈 수 있는
자기만의 수익구조를 만드는 데 열중한다.
출간, 강연, 프리랜서, 유튜브, 투자 등.
회사를 나와도 외롭지 않은 시대이기에 가능한 일.

#긱이코노미

• 퇴사라는 사회적 현상 이면에는 '일시적인 일'을 의미하는
긱Gig 생태계의 성장이 있다. 그 근간에는 유튜브, 아이디어스,
클래스101, 크몽 등 직장에 속하지 않고도 돈을 벌 수 있는
디지털 플랫폼이 존재한다.

웹툰에 이어 최근 부상하기 시작한 웹소설은 대부분
판타지를 근간으로 한다. 판타지는 우울, 외로움, 자괴감,
분노, 스트레스처럼 버겁고 무거운 감정으로 가득한
현실을 잊게 하는 장치가 되어준다.
하루 몇 백 원으로 즐기는 합법적 마약 혹은 게임을 즐길
시간조차 없는 사람들의 게임이랄까. 웹소설 기업의
가치가 높아지는 이유이자 대부분의 투자금이 중국에서
건너오는 이유다. 중국도 상황은 한국과 비슷할 테니.

#일상판타지

• 최근 한국에서 유행하는 웹소설 판타지 장르는 《반지의
제왕》,《왕좌의 게임》류의 중세 판타지가 아니라, 평범한
직장인이 재벌 2세와 사랑에 빠지거나, 로또에 당첨되는 것
같은 직장인의 일상 판타지. 이제는 아무리 판타지라 해도
지나친 거리감은 공감을 얻지 못한다.

루이스폴센 같은 북유럽 럭셔리 조명이
한국에서 인기를 얻고 있다. 덴마크, 스웨덴, 핀란드 등
북유럽 국가에서 조명이 발달한 이유는 추운 날씨 때문에
집에 있는 시간이 많을뿐더러 여름을 제외하고는 낮이 짧고
밤이 길기 때문이다. 즉 조명은 북유럽 사람들의 결핍을
해소해주는 요소인 셈. 누구에게나 결핍은 존재하고,
우리는 그 결핍을 보완해줄 요소를 찾으려 노력하며
살아간다. 때로는 그게 좋은 비즈니스 모델이 된다.
세상에 조명이 필요한 사람들이 북유럽 사람들만은
아닐 테니. 외로움도 마찬가지다. 세상에 외로운 사람이
나 하나만은 아닐 테니.

#결핍의재조명

귀여운 강아지 일러스트의 표지로 위장했지만,
밀란 쿤데라의 대표작 《참을 수 없는 존재의 가벼움》은
제목부터 난해하다. 니체의 영원회귀에 대한 언급으로
첫 줄을 시작하는 소설 아니겠는가. 다만 그 제목을 보면서
이런 생각은 든다. 제목처럼 인간의 존재가 참을 수 없을
정도로 가벼운 거라면 내가 그런 인간(타인)의 존재 때문에
외로워할 필요도 없겠다고. 물론 생각대로 되는 건
그리 많지 않지만.

#아모르파티

• 운명애, 즉 자신의 운명을 사랑하라는 뜻의 라틴어
'아모르파티amor fati'는 자신의 운명을 있는 그대로
받아들이라는 뜻이 아니라, 주체적으로 개척해 나갈 만큼
자신의 운명을 사랑하라는 메시지다. 외로움도 마찬가지다.
나 자신을 사랑한다면 자발적으로 외로움이란 감정을
극복하려는 노력이 필요하다.

어른에 대한 풍자로 가득한 책 〈어린왕자〉. 내가 겪은 프랑스는
그 어떤 곳보다 어린왕자 같은 어른이 많은 사회이며,
나에게 〈어린왕자〉는 프랑스인(어린왕자)의 시각에서
미국인(어른)을 풍자하는 동화로 해석된다. 실제 프랑스인
생텍쥐페리는 이 책을 프랑스가 아닌 뉴욕에 머물며 작업하고
뉴욕에서 출간했다. 책에서 기억에 남는 한 줄은 단연코
"네 장미를 그토록 소중하게 만드는 건 네가 쏟은 시간이야."
그러나 대다수 미국인들은 시간을 쏟는 대신 정신과 상담으로
대신한다. 외롭다면서 외로움을 해소해줄 무언가에
충분한 시간(노력)을 쏟지 않는 어른들에 대한 비판 메시지.
#죽고싶지만떡볶이는먹고싶어

• 효율성을 추구하는 건 미국인들의 사고방식이자 라이프스타일이다.
지나친 효율추구 때문에 미국적 가치가 폄하될 때도 있지만
이들의 방식도 분명 도움 되는 측면이 있다. 자신의 감정을 다루는 데
어려움을 겪고 있다면, 전문가의 도움을 받는 건 당연함을 넘어
옳은 일이다. 베스트셀러《죽고 싶지만 떡볶이는 먹고 싶어》의
저자처럼.

오랜만에 다시 본 영화 〈빠삐용〉. 예전에는
포착하지 못했던 포인트에 문득 신기한 마음이 들었다.
5년 동안 독방에 갇혀도, 고문당해도, 간수들이 배급을
줄여 바퀴벌레를 잡아먹으며 버텨야 할 때에도,
사람들에게 배신당해 다시 수용소로 돌아오는 상황에도,
빠삐용은 전혀 외로워 보이지 않았다. 어쩌면 자유를
갈망하는 한 빠삐용은 외롭지 않았을 것이다.
물질적 가치가 아닌 자유라는 정신적 가치를 추구했기
때문 아닐까. 종교의 힘과 이념적 대립 대신
자본주의라는 신이 득세한 오늘날, 외로운 사람들이
늘어나는 건 어쩌면 당연한 귀결일지도.

#데탕트의부작용

• 냉전의 긴장이 완화된 상황을 의미하는 프랑스어
데탕트détente. 하지만 미국과 소련이라는 양극 체제가
막을 내리자 사람들의 삶은 외려 혼란에 빠졌다. 2차 방정식이
3차, 4차 방정식이 되었다고 해야 할까? 외로움이라는
혼란스러운 감정의 대중화 역시 이 시기를 기점으로
확산되었을 거라 짐작해본다.

어떤 사람들은 타인의 인정을 받는 데 자신의 시간과 돈과
에너지를 지나치게 소진한다. 문제는 시간과 돈, 에너지 모두
한정된 자원이라는 것이다. 가장 효율적인 대안은
자신에 대한 인정을 타인에게 아웃소싱하지 말고,
스스로에게 그 권리를 돌려주는 것이다.
즉 평가기능의 내재화. 그렇게 아낀 자원을 타인과의 관계를
돈독히 하는 데 사용한다면 인생은 덜 외로워질 것이다.
#슬기로운자존감회복법

• 흔히들 자존감을 자기 자신을 존중하는 마음이라 하는데,
그 존중의 첫걸음은 자신을 깊숙이 들여다보고 스스로를
제대로 평가하는 거라 믿는다.

이별의 유형은 만남만큼이나 다양하다. 어느 한쪽이 어떤
언급도 없이 일방적으로 선언하는 이별은 외롭다.
당한(?) 사람 입장에서는 미스터리고, 통보하는 사람은
그 사람대로 상대가 자신의 마지막 제안을 이해해주리라는
기대조차 할 수 없을 테니. 어쩌면 이별을 통보하는 쪽이
더 외로울 수도. 물론 이별의 이유가 너무 또렷해도
외롭기는 할 것이다.

#이별의커뮤니케이션

• 부부의 이혼 사유가 대부분 성격차이인 것처럼, 대다수
커플의 이별 사유는 사랑이 식었기 때문이다. 이 단순한
팩트를 세련되게 표현하는 노력과 그걸 상대와 마주한 채
말하는 용기는 한때 사랑했던 사람에 대한 최소한의 배려
아닐까. 연애와 이별은 별개가 아니다.

캐나다, 호주, 미국의 자연보다 스위스의 풍광을 높이 산다. 스위스의 자연이 더 멋지거나 웅장해서는 아니다. 스위스는 작은 국가다 보니 자연과 도시가 가깝다. 알프스 산간 지역에서도 길어야 한 시간이면 도시로 돌아갈 수 있다는 점이 내게는 큰 매력이다. 자연은 매력적이지만 사람과, 도시와, 문화와 격리된 자연은 외롭게 느껴진다.

#알프스대도시취히리

• 산과 강과 호수를 모두 갖춘 취리히는 대도시이지만 사람들의 친절함에 감동할 기회가 많은 곳. 취리히의 자연환경이 그들의 친절함에 크게 일조한다고 믿어 의심치 않는다.

《인권도 차별이 되나요?》라는 책이 있다. 이 책의 제목을
처음 본 순간 참 외롭다는 생각이 들었다. 차별을 받으면
누구나 외로워지기 마련인데, 가장 기본적 권리인
인권마저 차별받을 수 있다는 뜻이니까. 외국에 오래
머물러본 입장에서 감정이입할 수밖에 없었던 제목.
외로움의 시대이기에 왠지 잘 팔릴 듯한 제목.

#오할리우드

• 넷플릭스 오리지널 드라마 〈오, 할리우드〉는 1940년대
할리우드를 배경으로 미국사회에 존재했던, 혹은 여전히
존재하는 각종 차별을 코믹하게 풀어낸다. 좀 더 구체적으로는
여성, 게이, 흑인/아시아계/유대계 소수인종 등 소외된
사람들이 자신의 꿈과 야망을 이루기 위해 감수해야 했던
불이익에 관한 이야기.

단골가게에서 월결제 시 후불 대신 선불제를
하는 것만으로도 누군가의 애정을 받을 수 있다.
덜 외로워지는 작은 팁.

#작은배려의순기능

봉준호 감독의 〈흔들리는 도쿄Shaking Tokyo〉는 일본 배우 및
스태프들과 만든 단편영화다. 히키코모리로 10년간 집에서만
살던 주인공은 좋아하는 여성이 사라지자 용기를 내
그녀를 찾아 나섰다가, 그사이 대다수 도쿄인들이
자신과 같은 히키코모리가 되었다는 사실에 충격을 받는다.
그나저나, 히키코모리가 집밖으로 나오는 것만큼 강력한
사랑의 시그널이 있을까. 그렇다, 〈흔들리는 도쿄〉는 내게는
극한 상황에서의 격렬한 러브스토리다.

#도쿄의외로움

경주, 교토, 아비뇽, 그라나다, 피렌체처럼 시간을 머금은
오래된 도시를 좋아한다. 한때 정치, 종교, 경제의
중심지였던 덕에 화려한 역사와 문화유산이 있지만
그 과거에서 더 나아가지 못한 도시들. 문화, 정취, 자연,
때로는 사람들의 의식조차 정점을 찍었을 곳들을
거닐다 보면 나의 개인적 외로움 따위는 도시의 거대한
외로움에 묻히고 만다. 이른 아침부터 늦은 밤까지
이런 곳들을 머릿속에 담는 것은 나름의 유용한 외로움
탈피법이다. 단, 사진은 가급적 찍지 않는다.
시간과 감정의 흐름을 놓치면 안 될 것 같아서.

#미드나잇인파리

• 우디 앨런의 〈미드 나잇 인 파리〉는 오래된 도시가
머금은 시간에 관한 교보재 같은 영화다.

오랜 기간 에어비앤비를 애용했던 건 호스트와의 교감
때문이었다. 하지만 최근의 에어비앤비를 떠올려보면 그런
경험이 점점 사라지는 듯하다. 에어비앤비가 성장하면서
교감은 비효율적인 것이 되어버렸기 때문일 것이다.
자본주의 사회에서 교감은 비용이다. 교감이 희소하고
가치가 높은 재화가 되어가는 이유. 하지만 그렇기에,
아니 그럴수록 럭셔리 브랜드라면 어떤 형태로든 '교감'이라는
요소를 더해야 한다고 생각한다.
이는 곧 최고의 차별화이기도.

#경제학원론

• '희소한 자원의 가치는 높다'는 희소성의 원칙은 경제학 원론
수업 첫날에 배우는 경제학의 기초 개념이다.

글을 쓰는 건 특별한 사람만이 하는 일 같지만
실상 많은 사람이 거의 매일 글을 쓴다. 일기, 블로그,
소셜미디어, 책, 업무 보고서 등 미디어가 다를 뿐
우리는 모두 어떤 식으로든 글을 쓴다.
글을 쓰다 보면 나의 이야기를 속으로라도 자꾸 읽게 되고,
저절로 내가 하고 싶은 이야기를 집중해서 듣게 된다.
즉 내 이야기를 들어주는 사람이 한 명 생기는 것이다.
외로울 때 글쓰기가 도움 되는 이유.

#전지적청자시점

어휘와 표현이 달라지면 관계 맺는 대상이나 방식,
속도도 따라서 달라지기 마련이다.
관계에 변화를 주고 싶을 때나 생각을 확장하고 싶을 때
평소 읽지 않는 영역의 책을 파고드는 이유다.
낯선 분야의 책을 읽는 것은
평소 만날 일 없는 사람을 만나는 것과 같다.
그 사람의 표현과 생각을 통해 누군가의 세계에
발을 들이게 되고, 책만 읽었을 뿐인데
단조로운 나의 세계에 균열이 생기기 시작한다.
어쩌면 외로움은 좀 더 복잡해지려는 노력의 시작일지도.

#타인의세계

관계는 직접경험뿐 아니라 간접경험으로도 학습 가능하다.
요즘은 많은 사람들이 유튜브로 관계를 배우는 듯하다.
시각과 청각을 모두 갖춘 미디어인 데다 짧고 자극적이며,
무엇보다 무료니까. 물론 공중파 방송, 오프라인 강연
등으로 관계를 배우는 사람들도 있다. 내 경우 관계를 가장
효과적으로 배울 수 있는 자료는 잘 만든 만화책.
이를테면 〈그 남자, 그 여자의 사정〉, 〈바닷마을 다이어리〉,
〈피너츠〉 같은. 글과 그림이 공존하는 만화는 텍스트와
동영상 사이에 위치한 적절한 학습 미디어다.

#아다치미츠루

• 일본의 유명 만화가 아다치 미츠루의 작품에는 최소 삼각,
많게는 사각, 오각 같은 다각 관계가 등장한다. 고로 그의
작품은 고난이도 관계학습만화에 해당된다.

카페의 온도

서울 집 근처의 작은 카페는 주말이면 내 작업실 역할을 한다. 다행히 커피도 음악도 공간도 내 취향의 범주에서 크게 벗어나지 않기에 가능한 일. 이렇게 느낀 사람이 나만은 아니었던 모양이다. 이 카페에서 내가 점찍은 자리는 영광스럽게도(?) 봉준호 감독이 줄곧 영화 〈기생충〉 시나리오 작업을 한 곳이라고 했다. 자판을 두드리고 있으면 그가 왜 이곳에서, 그것도 이 자리에 앉아 시나리오를 썼는지 알 것 같은 기분이 든다.

대도시 서울에서 주거공간과 분리된 나만의 작업공간. 이왕이면 나의 모든 니즈를 충족하는 곳을 찾기란 결코 쉽지 않다. 새로운 도시로 이사하면 가장 먼저 단골 가게를 만들려 노력하는 편인데 서울은 힙한 곳이 끊임없이 생겨나는 도시여서인지 적당한 곳을 찾기가 의외로 어려웠다. 집과 너무 가까워도 곤란하다. 카페나

공유오피스가 신호등만큼이나 많은 이 도시에서, 나만의 공간은 아니지만 주말마다 갈 곳을 찾아낸 후부터 비로소 내 마음은 조금 든든해졌다.

파리에 있을 때에도 카페는 내 업무공간이 되어주었다. 파리는 카페의 도시이니까. 하지만 커피의 도시는 아니다. 파리에 살지 않는 사람들은 파리의 커피에 일종의 로망을 품고 있지만, 정작 파리에 사는 외국인들 사이에는 커피 맛에 대한 원성이 끊이지 않는다. 파리 커피 맛이 형편없는 이유에 대해서는 여러 가설이 존재하는데, 개인적으로 가장 힘을 실어주고 싶은 것은 '경제적 사고'에 입각한 것이다. 과거 프랑스 식민지에서는 주로 품질이 낮은 로부스타 품종의 원두가 생산된 반면, 라이벌인 영국 식민지에서는 고품질의 아라비카 원두가 재배되었다. 그래서 파리에서는 가뜩이나 비싼 가격에 높은 관세까지 붙는 아라비카 대신 무관세의 저렴한 로부스타가 주로 유통되었다고. 그때부터 파리 사람들이 쓴맛 95%의 맛없는 로부스타 커피에 길들여졌다는 견해가 가장 설득력 있게 다가온다.

나 또한 파리의 커피 맛에는 어느 정도 냉정해질 수밖에 없었다. 밀라노, 코펜하겐, 브뤼셀 등 훌륭한 커피를 마실 수 있는 유럽 도시들을 여행하며 커피에 대한 기준이 높아질수록 파리 커피에 대한 불만은 커져갔다. 그럼에도 나에게 파리의 카페는 언제든 다시 가고 싶은, 그만큼 소중하고 가치 있는 공간으로 남아 있다. 단순히 커피를 마시던 곳이 아니라, 나의 업무공간이자 허전함을 채워주던 안식처였기에.

애초 카페는 외로운 사람들을 위한 곳이었을 것이다.

초창기 파리의 카페는 사람들의 교류가 이루어지는 일종의 정치, 문화, 예술 커뮤니티에서 시작되었다. 즉 심오한 주제를 놓고 몇 시간씩 토론을 이어갈 만큼의 문화적 소양, 지적 수준, 경제적 여유가 있는 사람들이 모여드는, 요즘 표현을 빌리자면 '인싸'들의 공간이었다. 물론 지금도 사람들은 친구나 연인을 만나기 위해 카페를 찾는다. 소수만의 문화에서 대중을 위한 곳으로 탈바꿈한 카페는 여전히 분명 누군가를 만나는 공간이다.

하지만 오늘날 카페가 가지고 있는 또 다른 매력은 나처럼 외롭지만 개인주의적 성향이 높은 '아싸'에 해당되는 사람에게 적절한 플랫폼이 된다는 점이다. 외로운 사회 프랑스, 게다가 프랑스 문화와 언어에 완벽하게 진입하지 못한 입장에서 소속 없이 살아가는 건 분명 외로운 일이었다. 그렇다고 새로운 사회적 관계를 맺거나 기존의 관계에 최선을 다하자니 그것대로 버거웠다.

그럴 때면 카페를 찾았다. 타인과 직접 교류하지 않더라도 누군가의 존재감이 있고, 때로는 사람의 온기가 느껴지는 곳. 커피 한 잔 값을 지불하고 찾은 관계의 타협점이다.

무엇보다 카페를 채우는 사람들의 소음이 좋았다. 음악보다도 말이다. 평소에는 일에 몰입할 수 없어서 질색하는 소음이지만, 외로운 날에는 웅성웅성 들리는 그 소리가 왠지 모를 안도감을 주었다. 소음에 섞여 간혹 익숙한 한국어가 들려올 때면 반가운 마음마저 들었다. 같은 공간에 말이 통하는 누군가가 있을 거라는 추측만으로 덜 외로워졌다. 어쩌면 내게 필요했던 건 외로움을 해소해줄 누군가가 아니라, 나 역시 어딘가에 속한 존재라는 느낌 그 자체였을 것이다. 너무 강한 유대감은 부담스러우니 약하고 무해한 소속감 말이다.

파리 사람들도 나처럼 카페에서는 덜 외로워지기 때문일까. 왜인지는 모르겠으나 파리의 카페에서는 비교적 차가운 파리 사람들의 따뜻한 면을 자주 볼 수 있었다. 이를테면 카페를 나서는 길에 커피나 빵을 하나씩 더 사가는 이들이 종종 있다. 파리에는 노숙자가 많은데 빵 하나, 커피 한잔을 더 사서 이들에게 슬며시 쥐여주는 것이다. 별것 아닌 것 같지만 돈을 주면 술이나 담배, 마약을 살 수도 있다는 염려가 깃든 사려 깊은 행동이다. 언젠가 나도 해봐야지, 하게 되는 시크한 배려랄까.

카페의 무엇이 파리 사람들을 따뜻하게 만드는지 정확한 이유는 모른다. 파리를 떠날 때까지도 알지 못했다. 그저 커피의 따뜻한 (여전히 대부분의 파리 사람들에게 커피는 차갑게 마시는 음료가 아니다) 속성이 마음의 온도를 높여주는 건 아닐까 추측해볼 따름이다.

서울에서 나는 친구를 만나는 대신 카페에 앉아 조용히 노트북을 켠다. 친하게 지내는 친구가 많지는 않지만 카톡을 보내면 즉각 답을 보내주는 친구가 파리에 한 명, 팔로알토에 한 명, 서울에 한 명 있다. 셋이 각기 다른 시간대를 사는 덕분에 나는 이들 중 누군가와 늘 연결되어 있다. 누군가와 물리적으로 연결되었다는 사실보다 중요한 건 누군가와 끊김 없이 이어져 있다는 것 아닐까? 해가 지지 않는 대영제국의 영광은 내 인생에 찾아오지 않을지 몰라도, 카톡이 멈추지 않는 나의 삶도 나쁘지 않은 것 같아 대단히 흡족하다. 외로운 파리에서 터득한 삶의 요령이다.

외로움에 대해 쓸 때는 불편해도 노트북이 아닌
스마트폰으로 작업한다. 후자가 글을 쓰는 과정에서
떠오르는 것들이 많아서다. 가까운 사람들과 연락하는
용도의 디바이스와 업무용 디바이스 간의 차이.

#디지털손맛

일본에 가면 꽤 훌륭한 플레이리스트를 갖춘 식당이 종종 눈에 띈다. 스타일리시한 카페나 레스토랑이 아닌 서민적인 돈카츠집, 규동집조차 말이다. 특히 재즈 선곡이 뛰어나다. 재즈에도 여러 장르가 있겠지만 기본적으로 재즈는 외로운 음악이다. 재즈를 듣다 보면 말 잘하는 사람(연주가)과 사부작사부작 대화를 나누는 기분이 되는데, 누군가 나를 리드하는 관계는 달콤하지만 관계의 속성상 외로워지기 쉽다. 여담이지만 작곡가 사카모토 류이치는 뉴욕의 단골 식당에서 틀어주는 형편없는 조합의 음악을 견디지 못해 양해를 구하고 자신이 직접 플레이리스트 작업을 해주기도 했다고.

\#뉴욕타임스의기자정신

• 역시나 재미있는 에피소드인데, 사카모토 류이치가 만들어준 플레이리스트가 궁금했던 〈뉴욕타임스〉 기자는 식당 주인이 공개를 거부하자 식당에 죽치고 앉아 일일이 음악을 녹음한 뒤 결국 리스트를 완성해 기사를 작성하는 데 성공했다고 한다. 현재 그 플레이리스트는 각종 스트리밍 서비스에서 찾을 수 있다.

소니의 강아지 로봇 '아이보'는 무려 20여 년 전인
1999년에 처음 출시되었다. 소니는 외로운 사람들이
늘어나면서 반려동물에 대한 수요가 증가할 거라 예측했고,
반려견을 키우기 부담스러운 사람들을 타깃으로
아이보를 개발했다. 20년이 지난 지금 그 예측은 적중했고
반려동물 산업은 급격하게 성장했다.
예측이 빗나간 부분이 있다면 '유튜브'의 출현이다.
현실에서 반려동물을 키우기 어려운 사람들은
동물 유튜브를 시청하며 슈퍼챗을 쏘거나
굿즈를 구입하는 형태로 대리만족을 느낀다.
아이보가 상업적으로 실패한 결정적 이유.

#크집사

• **크집사** 한국에서 가장 인기 있는 고양이 유튜브 채널의
이름이자 운영자. 현재 한국/글로벌 채널의 구독자 수를
합치면 300만이 넘고, 조회수 역시 엄청나다. 더 놀라운
사실은 한국, 미국, 일본에서 판매하는 굿즈의 매출이 유튜브
광고비를 상회한다는 점. 콘텐츠, 아니 IP의 힘이다.

자신이 다른 사람들에게 호감을 얻는 타입이 아니어서
외롭다면 차라리 논리적인 사람이 되고자 노력하는 편이
효율적일 수 있다. 외로움은 타인의 공감을 얻지 못해
생기는데, 남들이 납득할 만한 논리력을 갖추는 것도
공감을 얻는 나름의 방법이 될 수 있으니.
물론 이 또한 쉽지는 않다. 논리적인 글을 많이 읽고
논리적으로 글 쓰는 연습이 필요하다.

#논리야놀자

• 1992년 출간돼 출판계를 강타한 어린이용
논리학 도서 시리즈이자 논리학계 최고 베스트셀러.

외로움에 대응하는 두 가지 유형으로 애초 외로워지지
않기 위해 노력하는 방식과, 외로움에서 빠르게 벗어나고자
노력하는 방식이 있다. 전자에 속하는 사람들은 대개
옷에 많이 투자하는 것 같고, 후자에 속하는 사람들은 주로
집에 돈을 쓰는 듯하다. 어느 쪽이든 큰 소비로 이어진다는
결과에는 별반 차이가 없지만.

#부동산불패신화

• 하지만 최소한 한국에서는 시간이 지날수록 가치가
상승하는 집에 투자하는 편이 감가상각이 빠르게 진행되는
옷에 투자하는 것보다 현명한 선택.

쇼핑을 좋아하고 많이 해본 지인들의 말에 따르면,
마지막에는 결국 빈티지 명품으로 귀결된다.
아이템도 다양해서 옷, 가방, 시계, 안경,
필기구, 찻잔, 그릇, 가구까지 섭렵하게 된다고.
빈티지는 오랜 시간을 거치며 희소하고 질리지 않는
클래식으로 살아남은 물건들인데, 자신에게 맞게 리폼을
잘해야 진가가 드러난다. 인간관계도 마찬가지 아닐까.
시간의 흐름에 따라 적절히 관계를 리폼하며 유지하는
사람들이 덜 외로운 걸 보면.

#빈티지구매의합리성

• 파리에 사는 내 친구는 북유럽 도시를 방문할 때마다 빈티지
식기를 하나씩 사 모으는 취미가 있다. 그의 신조는 이렇다.
신상품은 사는 순간 중고가 되어 일정 시점까지
가치가 떨어지지만, 빈티지는 사는 순간부터 가격이 오른다고.

디지털에 익숙해질수록 아날로그 감성을
그리워하는 사람들이 많아지는 듯하다.
알다시피 아날로그는 디지털보다 손이 많이 가고
자동화되는 부분이 적어 효율성이 떨어진다.
그러나 역설적으로 사람의 개입이 많기에 관여하는
사람 입장에서는 몰두할 영역이 늘어난다. 즉 아날로그에
머무는 동안은 자신의 존재감을 확인받을 수 있는 셈이다.
누군가 내게 참견을 많이 한다면, 이는 외롭다는
그 사람 나름의 신호인지도.

#참견의해석

일본 정부의 고민가古民家 프로젝트. 일본의 저출산, 고령화 문제를 해결하기 위해 지방의 비어 있는 오래된 목조주택을 도시 사람이 싸게 매입해 개조해서 살 수 있도록 지원하는 정책이다. 도쿄의 젊은 사람들, 특히 서핑을 즐기는 사람들이 국철로 한 시간 거리에 있는 해안도시 가마쿠라에서 도쿄까지 출퇴근하는 라이프스타일이 유행한 계기이기도. 외로운 지방도시를 효과적으로 재생하는 현실적인 정책 아닐까. 아마 양양이나 강릉이 서울에서 한 시간 거리였다면 나부터도 적당한 집을 물색하고 다녔을지도.

#창의적인도시재생

'여행에서는 누구나 18세다.' 홋카이도부터 규슈까지
일본 JR 보통열차를 자유롭게 이용할 수 있는
'청춘18티켓' 광고에 등장하는 메인 카피. 문득 18세는
외로우면서도 외롭지 않은 시기라는 생각이 들었다.
쓸데없는 일에 시간을 낭비할 만큼 에너지가 넘치는 시기,
그러한 낭비로 풍요로워질 수 있는 나이. 한편으로는
이제껏 보지 못했던 세상을 마주하며 본격적으로
어른이 될 준비에 외로워지는 나이.

#사춘기의외로움

• JR Japain Railways 한국의 코레일(Korail, 한국철도공사)과 같은
일본의 철도 회사.

인스타그램에 외로움에 관한 글을 올리니 요새
무슨 일 있느냐는 질문을 자주 받는다. 외로움을 담담하게
받아들이는 사회적 분위기, 외로움을 관조할 수 있는
여유가 아쉽다. 외롭지 않은 인간은 없다.
정도의 차이, 혹은 외로움의 주기가 각자 다를 뿐.
나는 약간, 때로는 종종 외롭다. 고로 존재한다.

#외로울자유

감정에는 어느 정도 중독이 존재한다. 그래서인지 외로움을
은근히 즐기는 사람도 적지 않은 듯하다.
외로움 자체를 즐기는지 남들에게 외로운 사람으로
비치는 걸 즐기는지의 차이는 있지만.
어느 쪽이든 외로움을 즐기는 이들의 공통점은
본인이 원하기만 하면 외롭게 살지 않을 자신감이 느껴진다는 것.
마치 독이 있는 복어요리를 즐기는 미식가나 롤러코스터의
스릴을 즐기는 사람들이 결코 자신이 죽을 거라고는
생각지 않는 것처럼.

#과시적외로움

타인에게 기대를 품는 것도, 타인의 기대를 받는 것도
외로운 일이다. 누군가를 좋아하고 누군가와 관계 맺는 건
기대감 덕분이지만, 누군가와 헤어지는 것 역시 기대감이
낳은 결과다. 그렇다고 아무런 기대를 하지 않는 삶
역시 외롭기는 마찬가지. 우리는 은연중에 누군가에게
기대하거나, 기대할 수 있는 누군가가 나타나거나,
누군가가 나에 대한 기대를 버리지 않기를 기대하니까.

#기대의기대의기대

외로운 사람에게는 인스타그램보다 페이스북이 낫다.
인스타그램은 상호불평등한 위계의 플랫폼이다.
영향력이 작은 사람이 영향력 큰 사람을 팔로우하는
묘한 수직적 구조의 세계. 페이스북은 최소한 겉으로 드러난
관계 형태만큼은 '친구'를 지향하는 수평적 구조다.
실제로도 페이스북은 외로움의 밀도가 높은 플랫폼인데,
그게 곧 페이스북의 가치로 이어진다.

#페이스북주가

• 사실 인스타그램과 페이스북, 거기에 왓츠앱까지 모두
페이스북이 보유한 서비스다. 오늘날 페이스북이라는 거대
기업은 외로움의 만병통치약 그 자체.

새로운 사람을 만나면 으레 자기소개를 한다.
자리에 따라 조금 달라지겠으나 자기소개의 본질적인
목적은 상대로 하여금 나를 기억하게 하는 것이다.
자신만의 콘텐츠를 갖춰야 하는 이유.
그 콘텐츠가 대단할 필요는 없다. 유니크하면 될 뿐.
가령 삼각김밥을 좋아한다면 삼각김밥에 대해 남들과는
다른 관점으로 심도 있는 이야기를 해보자.
분명 사람들의 기억에 남을 것이다.
누군가에게 각인되는 것만으로도 우리의 존재감은
또렷해지고 외로움은 흐릿해질 수 있다. 외롭다면 지금 당장
나만의 콘텐츠를 쌓아가자. 지구력만 수반된다면
그리 어려운 일은 아니다.

#나음보다다름

완벽히 외롭지 않은 삶을 꿈꾸기는 어렵다.
애초 존재하지도 않거니와, 무균의 상태가 가장 무너지기
쉬운 것처럼 외로움과 너무 멀어지는 것도 위험하다.
적절한 예방접종으로 맷집을 키워 독감을 피하듯,
작은 외로움에 자신을 지속적으로 노출할 필요가 있다.
외로운 시대에 외로움과 친해지는 방법이다.
주기적으로 외로움에 대해 쓰는 이유이기도.

#외로움백신

위대한 콘텐츠는 주로 크리에이터가 외로울 때 탄생한다고 생각한다. 콘텐츠의 완성도를 결정짓는 몰입에는 혼자만의 시간이 필수니까. 본편보다 나은 속편이 드문 이유도 이것 아닐까? 본편이 성공하고 나면 크리에이터는 더 이상 외롭지 않으니까. 계속 외롭지 않을지는 의문이지만, 중요한 건 외로움도 도움이 된다는 사실.

#아무튼외로움

기안84의 웹툰 〈복학왕〉을 좋아한다. 페르소나까지는
아니지만 주인공 우기명은 기안84처럼 보인다.
기안84의 찌질함(?)이 온전하게 투영된 캐릭터랄까.
많은 독자들도 댓글을 통해 우기명, 아니 기안84를
응원하고, 지지하고, 욕하고, 훈계한다.
왠지 기안84는 외롭지 않을 듯하다.
어쩌면 웹툰을 그리는 일 자체가 기안84라는 작가가
외로움을 해소하는 방식일지도.
그래서 그런지 혼자 살고 연애도 하지 않지만 예능
〈나 혼자 산다〉의 기안84는 외로워 보이지 않는다.
#찌질한페르소나

음악으로 외로움을 달래는 사람이 많다. 음악을 즐겨 듣는 친구가 말하길, 사람들은 일정 나이대가 되면 새로운 음악에 도전하는 대신 기존에 즐겨 듣던 음악을 반복해서 듣는다고. 반면 영화나 TV는 지속적으로 새로운 콘텐츠를 찾는다고. 그 논리대로라면 감수성이 풍부한 시기에 다양한 음악을 많이 듣는 것은 무시할 수 없는 평생자산이 되는 듯.

#롱테일법칙

• **롱테일 법칙**The Long Tail 전체 매출의 80%가 상위 20%의 고객들에게서 나온다는 파레토의 법칙과 반대되는 개념으로, 하위 80%에 해당하는 제품이나 고객에서 상위 20%보다 더 큰 매출이 발생하는 현상을 의미한다. 음원 시장은 롱테일 법칙이 적용되는 대표적인 산업인데, 많은 사람들이 최신 유행곡 대신 자신이 한창 음악 듣던 시절의 리스트를 찾기 때문 아닐까.

새로 산 원두도 선물받은 원두도 내 취향이 아니어서
아쉬워하다 두 가지를 섞어서 커피를 내리니
나름대로 괜찮다. 이 작은 성취감이 며칠이나 이어졌는데,
그 기간 동안에는 외로움을 전혀 느끼지 않았다.
어쩌면 외로움은 심리적 면역력이 떨어졌을 때 찾아오는
감기 같은 감정일지도. 평소 소소하게 기분 좋은
이벤트를 꾸준히 보충해줘야 하는 이유.

#심리적감기

사고가 유연한 사람들은 외로움도 덜 타는 듯하다.
외로움은 무언가 결핍되고 그것이 쉽게 충족되지 않는
상태에서 발생하는데, 유연한 사람들은 그 결핍을
정당화하거나 남들은 쉽게 생각지 못하는 대안을 찾아내는
데 능숙하다. 사고의 유연성은 어떻게 기를 수 있을까?
여러 방법이 있겠지만 몸과 마음이 이어져 있다는 이론을
참고한다면 요가는 어떨까? 호흡, 명상, 근력, 유연성은
요가를 구성하는 요소다. 이런 논리라면 요가는 좋은 운동,
아니 라이프스타일이다.

#룰루레몬

• **룰루레몬** 캐나다 벤쿠버에서 탄생한 요가복 브랜드로
일명 요가복계의 샤넬. 요가를 운동이 아닌 라이프스타일로
풀어냈다는 점이 성공 요인이다. 브랜드의 인기를 반영하듯
나스닥에 상장된 룰루레몬의 주가는 지난 10여 년간
70~80배가량 상승했다.

영화 〈라이프 오브 파이〉는 영상도 아름답지만
종교와 철학에 기반한 대사가 유독 인상적이다.
특히 영화 말미에 나오는 "삶이란 곧 보내는 과정"이라는
주인공의 대사가 와닿는다. 이별 자체보다는
작별인사를 제대로 하지 못한 것을 아쉬워하는 주인공.
외로움 역시 그 자체에 지배되기보다는
진지하게 마주하는 태도가 필요하다.
언젠가 아쉬움 없이 외로움과 잘 헤어질 수 있도록.

#유주얼서스펙트

• 영화 〈라이프 오브 파이〉의 백미는 영화 마지막 부분.
반전영화의 대명사 〈유주얼 서스펙트〉에 준하는 반전이
펼쳐진다. 스포일러라 적을 수 없는 게 아쉬울 따름.
영화를 꼭 보시길.

유럽에도 온천은 있다. 그런데 우리가 흔히 아는
일본식 온천과는 조금 다르다. 가장 큰 차이는
미지근한 온도와 수영장을 연상케 하는 공간. 덕분에
유럽인들은 온천을 오래 즐기는 편이다. 온천에서 진행하는
다양한 운동 프로그램을 즐기는 노인들도 많다.
이 특징은 모든 면에서 '지속가능성'을 중시하는
유럽인들의 라이프스타일과 삶의 철학에서 오는 듯하다.
다시 말해 자극적이지 않다. 외로움을 관리하는 방식도
마찬가지다. 약한 강도로 꾸준히. 이러한 감정관리법은
피로도가 낮기에 지속가능하다. 그래서 효과적이고.

#온천수의브랜딩

• 한국에도 유통되는 프랑스 탄산수 페리에, 이탈리아 탄산수
산펠레그리노는 모두 유럽의 유명한 온천마을 이름에서 따왔다.

소외된 소수자들이 자신보다 더 소외된 이들을 배제하는
모습은 괴롭고 외롭다. 미국의 흑인들이 아시아인들을,
한국의 정규직이 비정규직을. 물론 자기 자신을 보호하기
위한 본능적인 반응일 것이다. 그러나 문제는 그 과정에서
평소 자신이 주장하던 논리의 프레임이 무너질 수 있다는 것.
북유럽 국가들이 국제사회에서 정치적 영향력이 낮음에도
존중받는 이유는 소수자들이 손해를 감수하면서까지
자신보다 더 소외된 사람들의 권익을 보호하는 데
앞장서는 문화가 존재하기 때문으로 보인다.
그 덕인지 북유럽 여행은 추운 날씨에도 불구하고
온기가 느껴졌다.

#비보편적정의

현대사회에서 아티스트는 시장 전망으로만 보면
참 안정적인(?) 직업이다. 자신의 생각과 감정을 글, 그림,
영상, 춤, 음악, 오브제 등으로 치환해 판매할 수 있기 때문.
점점 외로워지는 현대인들을 상대로 돈을 버는 몇 안 되는
소비시장 중 하나가 예술이라면, 아티스트는 매년 성장하는
시장을 독점하는 직업군.

#모노폴리

• 독점을 의미하는 영단어 'monopoly', 즉 모노폴리는
보드게임 부루마블의 원작 명칭이기도 하다. 여기서 짐작할
수 있듯 부루마블은 본래 세계일주가 아니라 독점을 추구하는
전형적인 자본주의 게임에 해당한다.

노이즈캔슬링이 되는 블루투스 인이어 이어폰이나
헤드폰이 인기다. 음악을 들으면서 나를 타인과 분리하고자
하는 욕구와, 이 세상으로부터 완벽히 분리되고 싶지는
않다는 이중적인 심리를 완벽히 충족시켜준다.
게다가 음질도 좋고. 하지만 나는 여전히 구식 오픈형
이어폰을 고수한다. 혼자만의 시공간은 소중하나 그래도
세상을 향한 30% 정도의 관심은 늘 열어두고 싶다.
어쩌면 마케팅을 업으로 삼은 업보일지도.

#마케터의직업병

　• 하지만 결국 참지 못하고 애플 에어팟 프로를 구매해
　사용 중이다. 에어팟 프로는 노이즈캔슬링 기능을 켜고
　끄는 게 자유롭다.

영화, 드라마, 연극, 뮤지컬 중에는 그리스 신화를 모티브로
하는 것들이 많다. 실로 그리스 신화는 인간관계,
특히 모든 유형의 갈등을 모아놓은 템플릿처럼 보인다.
그리스 신화, 조금 더 욕심내서 심리학까지 공부하면
외로움 해소에 도움이 되지 않을까.
갈등을 이해하는 능력이 월등히 높아질 테니.

#콤플렉스

• 그리스 신화에서 유래된 콤플렉스. 우리는 저마다 각자의
콤플렉스를 끌어안고 사느라 타인의 콤플렉스에는 상대적으로
이해도가 낮다. 사람들 사이에 갈등이 생기는 이유도
따지고 보면 자신도 모르게 상대의 콤플렉스를 자극하는
실수를 범하기 때문 아닐까. 어쩌면 우리가 공부해야 하는 건
갈등의 유형보다는 갈등을 야기하는 콤플렉스의 유형인지도.

내가 좋아하는 어느 호텔의 라운지에서는
카츠산도나 나폴리탄 같은 일본식 서양 안주를 낸다.
그래서 좋아한다. 심지어 한국에서 최고의 올드패션드를
맛볼 수 있는 곳이기도. 몇 년 만에 들른 이곳에서
하루키의 《노르웨이의 숲》 애장판을 읽으며 칵테일 몇 잔을
홀짝홀짝 마셨더니 허기가 졌고, 나폴리탄 주문이 가능한지
(주문이 안 되는 시간이기에) 살며시 물어본다.
흔쾌히 부탁을 들어준 바텐더는 이윽고 나폴리탄을 먹는
나에게 그 유래를 설명해주기 시작한다.
도쿄에 살면서 즐겨 먹었다고 하자 자신들의 나폴리탄은
어떤지 조심스레 묻는다. "일본의 나폴리탄보다
고급진 맛이에요. 원래 나폴리탄은 서민 음식이잖아요.
이렇게 알 덴테로 낼 여유 없이. 미리 푹 삶아내고 시간이
지나서 퍼진 느낌이 나죠. 파스타 소스는 케첩의
새콤달콤한 맛이 나는데, 이 나폴리탄은 우스터 소스의
고급지고 깊은 맛이 강하네요."
1인분씩 삶는 알 덴테 나폴리탄은 고급지지만 그만큼
외로운 법. 푹 퍼진 나폴리탄처럼 한꺼번에 삶아 여럿이
나눠먹으며 하루의 고단함도 함께 나눌 수 없으니까. 하지만
바텐더는 내 말을 칭찬으로 이해해 연신 감사하다고 했고,
결국 아쉬움을 누르지 못하고 한마디를 더했다.
"비엔나 소시지가 문어 컷이 아니라 너무 슬퍼요."

#그리운나폴리탄

한국 사회는 배워야 할 것이 너무 많다. 외국어는 기본이고
경제, 예술, 문학, 철학, 이제는 코딩까지. 심지어 융합과
통섭을 위해 여러 가지를 엮어서 사고하고 자신만의
프레임으로 재해석하는 법도 배워야 한다.
문제는 배우는 과정에서 겪는 비효율성인데,
이 때문에 열심히 배울수록 우리 삶은 빡빡해진다.
인스타그램에 올라오는 평일 낮 브런치 사진이나
멍때리기 대회에 열광하는 사람들의 반응은
시간낭비(?)가 최고의 사치재가 되었음을 보여주는 상징이다.
낭비할 시간적 여유가 없다는 사실이 외롭다.

#게으름예찬

길을 걷는 것만으로도 그 도시에서 '사람의 가치'가
어느 정도인지 알 수 있다. 가령 파리는 무단횡단이
일상화되어 있다. 무단횡단하는 보행자에게
클랙션을 울리는 경우는 좀처럼 없다. 사람이 늘 우선이고,
운전자는 언제 어디서 튀어나올지 모르는 사람을
조심하며 운전해야 한다.
반대로 중국에서는 파란 불이어도 주위를 살피며
길을 건너야 한다. 서울에 올 때마다
사람에게 양보하는 운전자보다 양보를 요구하는
운전자가 늘어나는 걸 실감한다.
서울이 점점 외로운 도시처럼 느껴지는 또 다른 이유.

#서울의외로움

시간과 공간은 외로움의 계기가 되기도,
그 자체로 매력이 되기도 한다. 아티스트들이 작업실이라는
자기만의 공간을 갖는 것과도 이어지는 맥락이다.
그래서인지 누군가의 작업실에 초대받으면 꽤 기분이 좋다.
누구에게나 허락되는 공간이 아닌 데다,
자신의 취향으로 채운 공간을 온전히 보여준다는 건
나에게 마음을 열었다는 의미니까.
단, 작업실의 매력은 드러나지 않을 때 발휘된다는 점을
무시해서는 안 된다. 아티스트의 작업실을 카페나 술집으로
운영하면 기대만큼 안 되는 이유. 반면 아티스트의 작업공간이
인기 있는 뮤지엄은 될 수 있는 이유.

#핀율

• 가장 덴마크적인 건축가이자 디자이너로 꼽히는
핀 율Finn Juhl이 생전에 작업실을 겸해 머물던 '핀 율 하우스'는
현재 작지만 손꼽히는 코펜하겐의 뮤지엄이 되었다.

"슈퍼스타가 되려면 싫어하는 사람도 30%는 있어야 해요."
가수 나훈아의 말. 너나 나나 다 좋아하는 사람은
슈퍼스타가 아니라 그냥 스타일 뿐이다. 누군가 나를
싫어한다고 느껴진다면 그만큼 나를 좋아하는 사람도
있다고 생각하면 어떨까. 나의 단점이 누군가에게는 매력이
될 수도 있으니. 투자가 제로섬이듯 감정 역시 제로섬 게임.
물론 BTS처럼 안티가 (거의) 없는 예외적인 슈퍼스타도
존재하지만.

#아델과BTS의차이

• BTS처럼 그들의 모든 활동을 지지하고 애정하고 돈을 쓰는
팬을 지닌 가수는 슈퍼스타, 아델처럼 그녀보다 그녀의 음악을
사랑하는 팬이 많은 가수는 아티스트라는 표현이 더 어울린다.
물론 내 기준.

요즘 내 딴에는 '버티는 삶'을 살고 있다. 버틴다는 말은
외롭게 들리지만 궁극적으로는 '희망'이 있다는 거다.
버틸 만한 가치가 있고, 버틸 만한 여력이 있다는 거다.
다만 나는 더 잘 버티려면 밤마다 약간의 연료,
즉 술을 주유해줄 필요가 있다.
그것도 맥주나 와인이 아닌 위스키 같은 고효율 연료.
외려 외로운 건 버티지 않는 삶이다. 버틸 만한 여력도,
함께 버틸 사람도, 혹은 버텨야 할 이유도 없다는 뜻이니까.
#혼술의정당화

"그러다 알게 되겠지. 어른이 된다는 건 가까워지든가
멀어지든가 하는 것을 반복해서, 서로 그다지 상처 입지 않고
사는 거리를 찾아낸다는 것을."
일본 애니메이션 〈신세기 에반게리온〉에서 가장 기억에
남는 대사. 이 말을 들을 때마다 '고슴도치 딜레마'가
떠오른다. 서로 몸을 기댄 온기로 추위를 이기려는 고슴도치
두 마리가 너무 가깝게 있자니 상대의 가시에 찔리고,
그렇다고 떨어져 있자니 추위를 피할 수 없는 상황.
우리가 살아가는 이 사회의 딜레마이기도 하다.
누구나 타인과의 적절한 거리감을 유지해야 한다고 말하지만,
타인의 체온이 필요치 않은 따뜻한 환경으로 이주하는 것도
하나의 대안 아닐까. 자립적이고 어쩌면 더 쉬운 대안.

#학습만화에반게리온

• **고슴도치 딜레마**Hedgehog's Dilemma 개인의 자립과 타인과의
일체라는 두 가지 대립적 욕망의 충돌을 설명하기 위해
철학자 쇼펜하우어의 사상에 근거해 심리학자 프로이트가
만든 우화.

어
른
의

외
로
움

"외롭지 않은 어른 따윈 없다. 그러니 외로움을 감추기 위해 사랑하는
건 그만두자. 사랑 없이 멋진 인생도 분명 있을 거다. 평범한 말이지만
앞을 향해 나아가자. 잘 살아가는 것이 가장 중요하다. 그렇게 생각한다.
인생은 자신의 미래를 사랑하는 건지도 모르겠다. 자신의 미래를 사랑
한다면 분명히 즐겁게 살아갈 수 있을 거다. 46세 독신, 내 인생의 사랑
은 아직 끝나지 않았다."

_〈최후로부터 두 번째 사랑〉 11화 중에서

내가 가장 좋아하는 일본 드라마 여자주인공의 마지막 대사다.
이따금 생각날 때마다 꺼내어봐도 지루하지 않은, 아니 다시 볼 때
마다 의미가 새로워져 또 보게 되는 최애 드라마.

이 드라마의 관전 포인트는 '외로움'을 받아들이는 두 주인공의

전혀 다른 자세다. 여주인공 치아키는 잘나가는 방송국 PD이며 40대 싱글. 남자주인공 와헤이는 아내와 사별 후 동생들과 함께 사는 50세 지방 공무원이다. 연인이 없으면 외롭다는 일반적 기준으로 판단하자면 둘 다 '외로움 스펙'의 합격선을 가뿐히 넘어선다. 그러나 외로움을 받아들이는 둘의 자세는 사뭇 다르다. 치아키는 자신의 외로움에 누구보다 적극적으로 대응하는 반면 와헤이는 자신의 외로움을 숙명으로 받아들이고 묵묵히 살아간다. 대응이야 어떻든 각자의 방식으로 외로운 두 사람은 (예상했던 결말과 달리 사랑에 빠지지 않고) 연인이 아닌 친구로 서로의 외로움을 충분히 이해하는 사이가 된다. 말하자면 이 드라마는 '외롭지 않은 어른은 없다'는 것을 받아들이는 과정을 그린, 어른들의 성장 드라마인 셈이다.

반박할 사람도 있겠지만, 우리는 모두 외롭다. 마음에 품은 이와 가까워지지 못해 외롭기도 하고, 당장 오늘 저녁에 놀 친구가 없어서 외롭기도 하고, 타인의 경쾌한 일상을 보며 괜히 외로워지기도 한다(물론 덜 외로워지기도 한다). 재미있는 것은 외로움을 겪고 난 후에야 외로움의 존재를 인식하게 된다는 것이다.

과거의 나 역시, 아니 이 책을 쓰기 전까지는, 외로움이 나와는 먼 감정이라고 확신했다. 늘 "혼자서도 잘 놀아, 혼자서도 충분해"라고 말하던 내가 외로움을 인정하게 된 이유는 아이러니하게도 나에게 있었다. 내가 느낀 외로움이 나와의 거리를 조절하지 못하는 데서 오는 것임을 깨달으면서, 나의 외로움을 쿨하게 받아들이

게 되었다.

파리에서 처음 맞닥뜨린 외로움은 분명 '소속감'이 희미해진 데서 비롯된 것이 사실이다. 이쪽도 아니고 그렇다고 저쪽도 아닌 애매한 위치는 사람을 외롭게 한다. 그러나 시간이 흐르고 나니 내가 경계에 있는 사람이라는 건 그다지 중요하지 않았다. 보통 외로움을 느끼면 가장 먼저 외부, 일반적으로 다른 사람에게서 해답을 구한다. 마음을 터놓고 지낼 대상만 있으면 외로움이 해소될 거라 믿는다. 하지만 타인과의 거리 조절은 내 뜻대로 할 수 있는 것이 아니다. 오히려 관점의 전환이 필요하다. 외로움이 '나 자신'을 충족시켜야 해소될 수 있다. 결국 새로운 사람과 관계 맺는 것도, 하루하루를 덜 외롭게 보내려는 것도, 소속감을 가지려는 것도, 나를 충족시키려는 의도니까. 나는 이를 '나와의 거리 조절'이라 부르기로 했다.

나와의 거리 조절은 내 마음, 내 감정의 진폭을 조절하는 연습이다. 세상에 일어나는 일들과 관계없이 내가 어떤 사람인지 들여다보려 애쓰는 것, 내가 좋아하고 싫어하는 것을 알아가는 것, 일상에서 나만의 루틴을 만드는 것, 혹은 잠시 피해 있을 마음의 안식처를 만드는 것. 이 모든 행위가 나와의 거리 조절이다. 거리라고 굳이 표현하는 이유는, 자칫 나만 생각하다 세상과 너무 멀어질 수도 (그 결과 말 그대로 외로워질 수도) 있기 때문이다. 바꾸어 말하면 나를 위하는 연습이라 해도 좋고, 나를 컨트롤하는 방법이라 해도 좋다.

덤벙대고 약간은 찌질한 면모가 없지 않은 드라마 주인공 치아키를 멋지다고 생각한 이유도 바로 거리 조절에 있다. 드라마 PD인 치아키는 조금씩 쓸쓸하고 느슨해지는 자신의 삶에 변화를 주기 위해 도쿄 근교의 소도시 가마쿠라에 내려가 낡은 전통가옥을 빌려 혼자 살기 시작한다. 물론 처음에는 비슷한 환경의 친구들과 함께 살려는 계획이었으나, 정작 용기를 낸 것은 그녀뿐이었다. 앞에서 말했다시피 (어디까지나 사회적 기준으로) 40대 싱글, 전문직 여성이라는 외로운 타이틀을 단 그녀는 더욱 외로워질 법한 가마쿠라에서 새로운 라이프에 도전한다.

지방의 작은 도시라니, 화려한 그녀와 전혀 어울리지 않는 곳이어서 의외였지만, 나 역시 예상치 못한 환경에 놓여 또 다른 나를 알아가는 동안 그녀의 선택을 이해하게 되었다. 바빠서 도무지 외로울 틈도, 자신을 알아갈 기회도 없었던 그녀에게는 오히려 삶의 공백이 되어줄 혼자만의 시공간이 필요했던 게 아닐까 하고. 어쩌면 그녀의 삶에 1%의 외로움이 필요했던 건 아닐까.

의도했든 아니든 그녀의 삶에는 적절한 여백과 외로움이 스며들었고, 그 여백에 옆집 와헤이네 가족이 발을 들여놓는다. 그녀는 낯선 곳에서 사귀어보지 못했던 유형의 사람들과 어울리며, 때로는 자신의 외로움을 고스란히 마주하며 그동안 놓치고 있었던 사실을 인정하게 된다. 외롭지 않은 어른은 없다는 것을. 그리고 누구에게나 털어놓고 싶은 외로움이 있다는 것을. 드라마여서 가능한 결말일 수도 있지만, 심지어 그녀는 자신의 외로움마저 유쾌함으로 승화시킨다.

나도 그랬다. 어쩌면 내가 처음 겪어본 외로움이라는 감정 앞에 주춤했던 건, 외로운 마음을 감당하지 못해서가 아니라 내가 외로울 수 있다는 사실을 인정하지 못해서였을 것이다. '이렇게 살아야 덜 외롭잖아'라는 고정관념에 집착하는 대신, 나만 아는 외로움에 대해 세밀하게 쓰면서부터 오히려 외로움의 눈금이 낮아지기 시작했다. 누구에게도 말 못할 외로움이 아닌, 누구에게든 털어놓을 수 있는 이야기로 변하기 시작했다. 우리는 모두 '조금은 외로워도 괜찮은' 사람들이니까.

'외롭고 좋잖아'라고 말하는 이들이 있다.
외로움이 쓸쓸하게 느껴지는 상황인데 좋다고 한다.
사실 외로움을 바라보는 관점, 즉 프레임을 조금만 바꿔보면
말이 된다. 외로움은 혼자만의 시간이라 할 수 있으니,
말하자면 '가진 자의 여유'인 셈이다. 지금 이 순간
외로움을 느끼고 있다면 외려 기뻐할 일인지도 모르겠다.
어쩌면 외로움은 궁극의 자기애.

#잉여의가치

• 나를 포함해 한국 사람들은 전반적으로 애정표현에 서툰데,
특히 자신에 대한 애정표현에 인색한 것 같다.
혼자라서 외롭다고 생각하기보다, 혼자일 수 있는 여유를
지녔으니 대견하다고 여길 필요가 있다.

자이언티는 그의 대표곡 〈양화대교〉에서 가족에게
행복하자고 말한다. 지금 이 순간 그와 그의 가족이
행복한지 여부는 알 수 없다. 하지만
지금 행복하지 않더라도 누군가와 함께 행복한 쪽을
바라보는 것 자체가 행복 아닐까. 외로움도 마찬가지다.
외로워 죽을 것 같은 상황이어도 외롭지 않게 해줄
누군가를 기다리고 있으면, 혹은 내 외로움에 공감해줄
사람이 있으면 덜 외롭다. 비혼의 시대라지만
진정 비혼으로 살아갈 각오가 섰다면,
가족이든 아니든 그런 사람 한 명쯤은 인생에 있어야 한다.

#비혼시대의우정과가족애

요즘 일본맥주가 여러모로 논란이 되고 있지만
사실 난 에비스 맥주를 좋아한다. 에비스는 일본에서
풍요와 사업 번창의 신을 의미하고, 에비스 맥주의 라벨에도
낚싯대와 도미를 안고 있는 에비스 신이 그려져 있다.
맛도 맛이지만 에비스 맥주를 마시면 늘 기분이 좋아지는
이유. 심지어 수백 병당 한 병 꼴로 도미가 두 마리인 라벨이
나오기도 하는데, 이 라벨이 걸리는 날은 더욱 기분이 좋다.
별것 아니지만 살면서 나만의 소소한 행복 장치를 만드는 건
외로움을 컨트롤하는 데 도움이 된다.

#어른들의네잎클로버

캄Calm은 같은 이름의 명상 어플을 만드는 미국 스타트업으로, 기업가치 1조 원을 넘는 유니콘 기업이다. 이 어플을 찬찬히 뜯어보면 본질은 웰 메이드 엠씨스퀘어. 한국에서는 성적을 올리기 위해 사용된 기술이 미국에서는 반대로 스트레스를 줄이고 행복해지기 위해 쓰인다는 점이 재미있는 포인트.

#사고의전환

• 'Calm'은 삼성전자와 제휴해 한국어 서비스를 제공한다. 유사한 서비스로는 혜민 스님이 제작에 참여한 '코끼리'라는 어플이 있다.

• 엠씨스퀘어 1990년대 한국 수험생들 사이에 선풍적인 인기를 끌었던 집중력 보조 학습기기.

카카오톡, 라인, 왓츠앱, 위챗, 텔레그램, 모두 대표적인
모바일 메신저들이다. 그 가운데 라인의 네이밍을 가장
좋아한다. 텔레그램(전보), 왓츠앱(What's up+App),
위챗We Chat처럼 너무 직접적이지도 않고
카카오톡처럼 개연성이 전혀 없는 이름도 아니다.
심지어 라인은 링크Link라는 블록체인 자회사도 있다.
'연결'이라는 개념을 L자 돌림으로 확장한 것.
관계란 결국 연과 연(결)이다. 라인은 연을 얻기 위해
연결을 만드는 메신저의 본질을 잘 표현한
영리한 네이밍이다.

#네이버의브랜딩역량

김칫국 마시지 말라는 말을 싫어한다.

기대감은 결과가 나오기 전에만 즐길 수 있는 한시적 감정인데
그걸 포기하라니. 일할 때는 좋은 결과로 이어질 거라는
기분 좋은 상상을 하는 편이다. 가령 여행을 가기 전에는
여행지에 대해 공부하며 여행이 즐거울 거라는,
그곳 음식은 다 맛있을 거라는 기쁨을 미리 즐긴다.
투자를 할 때면 내가 산 주식이 1년 뒤 크게 오를 거라는
상상을 한다. 당연히 대부분 상상대로 되지 않지만.
그럴 때는 실망하는 대신 새로운 김칫국을 마신다.
기대감을 갖는 것 자체가 행복이니까.
관계 역시 마찬가지다. 외로움은 관계에 대한 기대감이
실망으로 변할 때 발생하는 감정. 실망감에 사로잡히기보다
기대감을 품을 수 있는 새로운 관계를 탐색하는 편이
낫다고 믿는다.

#관계의물리학

최근 급등한 테슬라 주가. 어느덧 테슬라는 미국에서 가장 가치 높은 차량 제조업체가 되었다.

아직 일론 머스크가 세기의 혁신가인지 사기꾼인지 판단하기는 이르지만, 분명한 건 그가 수많은 테슬라 개인주주들로부터 사랑받는다는 사실. 그 배경에는 테슬라가 위기일 때마다 추가적으로 신주를 매입하며, 자신의 이해관계와 테슬라라는 기업의 이해관계와 개인주주들의 이해관계를 완벽하게 일치시킨 머스크의 선택들이 존재한다. 상식적으로 보이지만 다른 스타트업 창업자들과 비교했을 때 결코 일반적이지 않은 행보다. 내 주변 사람들과 나의 이해관계를 일치시키는 것이야말로 외로움에서 벗어날 수 있는 요령. 다만 관계가 변하면 이해관계도 달라지기에 지속적인 조정은 필요하다.

#창업가의브랜딩

얼마 전부터 상장사 투자가 좀 더 수월해졌다. 정확히는
트럼프와 이해관계가 일치하는지를 최우선 판단기준으로
정한 후부터. 실제로 그 후로는 독일 주식 하나 외에는
국가, 업종, 기업 사이즈에 관계없이 모두
이 원칙에 따라 투자했다. 트럼프는 정말 일관된 사람이다.
그의 모든 행위는 본인의 이익과 직결된다. 트럼프처럼
일관성 높고, 목적을 위해서라면 체면을 따지지 않고,
심지어 정당화 능력까지 탁월한 인물이 세계를 움직이는
리더 자리에 있으면 투자가 상대적으로 수월해진다.
트럼프가 좋은 사람인지는 모르겠지만, 철저하게
자기만을 위해 사는 그는 역설적으로 외로워 보이지 않는다.
이기주의자는 대개 외로운 법인데.

#슈퍼이기주의

• 분명 트럼프 못지않게 이기적인 리더들도 존재하지만,
그만큼 많은 사람들을 책임지고 있으면서 이기적인 사람은
없다고 생각한다. 그런 의미에서 트럼프는 '상대적이고도
절대적으로' 세상에서 가장 이기적인 슈퍼이기주의자가
아닐까.

프랑스인 그리고 미국인과 미팅에 들어가면 프랑스인들이
리드하는 장면을 종종 목격한다. 자신들이 문화적으로
미국보다 탁월하다는 자신감에서 비롯된 경쟁우위.
반대로 미국인들은 그런 프랑스인들에게 한 수 접고
들어가는 경향이 있다. 단적인 예가 바로 마크롱과 트럼프.
마크롱은 세계 최강 미국의 대통령인 트럼프를 악수로
기선 제압하기도 했는데, 그도 그럴 것이 마크롱이 보기에
트럼프는 돈밖에 모르는 영감탱이 아닐까?
이혼과 재혼을 반복하고, 그 와중에 외도도 밥 먹듯 해온
트럼프. 반면 중학생 시절 선생님이자, 친구의 어머니이자,
누군가의 아내였던 여성과 서로 사랑했고, 성인이 된 후에
결국 그녀와 결혼까지 한 마크롱.
43세 마크롱이 74세 트럼프를 바라보는 시선은
'네가 사랑을 알아?', '사랑도 모르는 네가 인생을 알아?',
'인생을 모르는 네가 정치를 알아?'일지도. 다만 내 경험상
문화적 소양이 깊다고 외로움에서 자유로운 것은
아닌 듯하다. 생각이 많은 게 반드시 좋은 것만은 아니니.
#단순함과외로움의반비례성

● 난 단순한 사람은 덜 외로울 거라는 가설을 세운 적 있다.
다만 그 가설이 옳은 명제인지, 혹은 편견에 불과한지
검증할 기회는 아직 없었다.

넷플릭스 영화 〈두 교황〉. '재미있어'보다는 '좋아'라는
형용사가 적절했던 작품. 두 대배우의 명연기는
차치하더라도, 교황청이라는 오랜 역사를 지닌 거대한
(탈세속적인 동시에 가장 정치적인) 조직의 정점에 오른
두 인물이 주고받는 대화의 긴장감tension 자체가
흥미진진하다. 선문답이 오가고, 불리하면 못 들은 척하거나
농으로 비켜가고, 상대방의 말을 인용해 반박하기도 하고,
건강을 핑계로 대화 중에 갑자기 자리를 뜨기도 하고,
정치 9단을 넘어 11단쯤 되는 것 같다. 마치 수를 주고받는
바둑 고수들을 보는 느낌이다.
잔잔한 듯 아닌 듯한 영화를 보며 경쟁자가 없는 것보다는
있는 편이 훨씬 낫다는 생각을 해본다. 특히 어느 정도
경지에 오른 사람들은 경쟁자가 있을 때 외려
외롭지 않아 보인다.

#거의모든IT의역사

• 스티브 잡스와 빌 게이츠의 경쟁과 협력은 곧 IT 산업의
역사이기도 하다. 애플이 있었기에 윈도우즈가 탄생할 수
있었고, 마이크로소프트의 지분투자가 있었기에 애플이
다시 일어날 수 있었다. 물론 이들의 경쟁과 갈등과 협력이
흥미로운 건 너무나 대조적인 두 사람의 캐릭터 덕도 크다.

누군가 나고 자라고 살아온 집과 동네가 단번에
사라져버린다 생각하면, 재개발은 더없이 쓸쓸한 것이다.
내가 파리에서 살던 집은 1960년대에 지어졌는데, 파리에서
이 정도면 새 집으로 쳐준다. 파리의 집이나 건물들은
향후 수백 년 동안 남아 있을 것을 전제로 지어진다.
결코 재개발을 염두에 둔 설계나 시공이 아니다.
지금 재개발되는 서울의 아파트들이 부디 100년 이상
그 자리에 있기를 바란다. 많은 사람들의 수많은 스토리가
쌓여 서울이 덜 쓸쓸한 도시가 될 수 있도록.

#유산슬

• 늦은 밤 유산슬의 〈사랑의 재개발〉을 듣다
문득 든 생각의 기록.

외롭지 않은 사회가 되려면 공공재의 수준이 높아야 한다.
모든 사회 구성원이 소외되지 않고 공원, 도서관, 뮤지엄 같은
공간을 자유롭게 누릴 수 있도록. 문제는 한국에서
이러한 공간들이 거꾸로 점점 사유화되고 있다는 것이다.
이를테면 고급 아파트 단지 거주자들만 이용할 수 있는
헬스장, 카페, 레스토랑, 독서실 등이 그렇다.
그러다 보니 공공 공간의 질은 더 낮아지는 악순환이
일어난다. 소외라는 관점에서 바라본 정책이 필요한 시점.

#소전서림

* 소전서림素磚書林은 2020년 청담동에 오픈한 럭셔리
도서관으로 입장료가 5만 원이다. 도서 대출도 안 되고
말 그대로 하루 도서관 시설을 이용하는 데만 5만 원이 든다.
본래 갤러리였던 곳을 지하는 도서관, 1층은 카페와 와인바로
구성했다. 공공 공간의 대명사인 도서관이 가장 배타적인
럭셔리 공간으로 탈바꿈한 셈이다.

손흥민 선수가 뛰고 있는 영국 프리미어리그 토트넘의 감독 포체티노가 전격 해임되었다. 짠돌이 구단주 레비 때문에 선수 영입도 못한 채 이전 시즌 챔피언스리그 2위라는 대단한 성과를 달성, 덕분에 당시 레알 마드리드를 비롯한 빅클럽들의 구애를 받았으나, 포체티노는 토트넘과의 의리를 지켜 잔류했다. 하지만 그 후로도 레비는 포체티노가 원하는 선수단을 구성해주지 않았고, 성과 대비 지나치게 낮은 연봉 시스템에 구단 전체의 사기가 떨어져 결국 시즌 성적 하락이라는 최악의 결과를 낳았다. 반면 레알 마드리드의 감독이었던 지단은 챔피언스리그 3년 연속 우승 후 스스로 감독직에서 물러나 휴식을 취했으며, 후임 감독들이 연달아 실패하자 엄청난 금액의 계약을 체결하며 복귀했다. 외로워지지 않기 위한 삶의 지혜. 정점 후에는 반드시 내리막이 오니 박수 칠 때 떠날 것.

#출구전략

> • **출구전략**exit plan 스타트업계에서 흔히 사용되는 용어로 창업자 혹은 투자자 입장에서 그동안 자신이 투자한 시간 및 자본을 회수하는 방편을 의미한다. 이미 선수로서 정점에 올라본 경험이 있는 지단이었기에 감독으로서의 성공 또한 계획할 수 있었던 걸지도.

오늘은 어떤 옷을 입을지, 간식으로 무얼 먹고 싶은지,
이번 여름휴가에 가족여행으로 가고 싶은 도시는 어딘지…
한때 한국에서 유행한 프랑스식 자녀교육법의 핵심은
아이들에게 스스로 선택권을 주는 '자율'에 있다.
흥미로운 건 어린 시절 누린 자율권이 프랑스인들의
취향을 형성하는 데 도움이 된다는 사실이다.
모두가 취향이 있고, 각자의 취향이 존중되는 사회.
프랑스 영화 〈타인의 취향〉에 드러나듯,
프랑스인들에게 취향이란 단순히 무엇을 좋아하고
싫어하는 수준에 그치지 않고, 개인이 지닌 삶의 철학
또는 그동안 쌓아온 삶의 궤적으로 이어진다.
즉 프랑스인들에게 취향이란 그들의 삶 자체인 셈.
반대로 취향의 부재는 존재의 부재.
그래서 취향 없는 삶은 다소 외로울 수 있다.

#APC

• 한국에서도 유명한 프랑스 패션 브랜드 APC, 일명 아페쎄.
아페쎄의 수석 디자이너는 딸을 보내고 싶은 유치원을 찾지
못하자 직접 만들어버렸다. 낮잠용 최고급 캐시미어 담요,
럭셔리하면서도 균형 잡힌 점심식사, 오감을 자극하는
미술시간 등 아이들의 취향을 개발하는 데 최적화된
교육환경이 이 유치원의 특징.

수많은 잡지 중 나의 관심사와 가장 결이 맞다고
느끼는 것은 영국의 〈모노클〉이다.
최근 호에서는 '우아한 삶을 사는 노하우'에 관해 다뤘다.
〈모노클〉은 우아하게 살기 위해 반드시 필요한 삶의 세 가지
요소로 1인용 소파, 책, 반려견을 제안한다. 흥미롭게도 모두
혼자 있는 시간과 공간을 채우는 것들. 그렇다.
우아해지기 위해서는 혼자만의 시공간이 필수다.
이런 관점에서라면 혼자 있는 시간은 타인에게 더 나은
나를 선보이기 위한 준비기간인지도.
〈모노클〉은 틀리는 법이 없다.

#2020년1월호

외로움은 개인적 감정individual emotion이자 타인과의
관계에서 비롯되는 사회적 감정social emotion이다.
외로움에서 벗어나려면 새로운 관계를 맺는 것 못지않게
나를 외롭게 하는 기존 관계로부터 멀어지는 것도
중요하지 않을까?

#사회적동물의아이러니

"니체는 사유의 폭과 깊이는 한 인간의 경험치를 넘어서지
못한다고 생각했기에 익숙한 것들과 거리를 두고
낯선 것을 발견하고 우연을 맞이함으로써 자신의 사유를
확장하고자 했다." 읽던 책 《알프스에서 만난 차라투스트라》에서
언급된 니체의 방랑 이유. 그런 니체가 가장 좋아했던
이동경로가 프랑스 남부 해안도시인 니스와 이탈리아
북부 항구도시인 제노바를 잇는 리비에라 해안이라는
내용을 읽고 무척 흐뭇했다.
나 역시 운전해서 한 번, 기차로도 한 번 여행할 정도로
마음에 든 지역이어서. 시간을 초월해 나와 취향이 비슷한
사람을 발견하는 것은 현실의 친구를 보는 것만큼이나 반갑다.
하물며 상대가 니체라면.

#독서의부수적목적

고독을 즐겼다던 그리스 철학자 헤라클레이토스는
'나 자신에 대한 탐구'를 강조했다고 한다. 다만 사유를
통해서만 자신을 들여다보지는 않았을 것이다.
독서, 연애, 여행, 달리기, 산책 등 좋아하는 행위를 통해
자신에 대해 알아가기를 추천한다. 내 경우에는 투자가
그런 수단 중 하나다. 매일 일정 수준 이상의 리스크를
맞닥뜨리는 과정에서 내가 리스크를 어떻게 받아들이고
어떻게 대처하는 사람인지 관찰할 수 있다.
부수적으로 투자를 통한 자아성찰은 회전이 빠르다는
장점도 있다. 본인이 원하기만 한다면 하루에도
수십 수백 차례 리스크를 경험할 수 있으니.

#스캘핑

• **스캘핑**scalping 분 단위, 심지어 초 단위로
빠르게 매수와 매도를 반복하는 형태의 주식투자법.

전작《마케터의 여행법》에서 취향에 관해 이야기한
적이 있다. "취향이란 한마디로 자신이 무엇을 좋아하고
싫어하는지 명확히 아는 것, 그렇기에 취향을 갖추려면
많이 경험해봐야 한다"라고. 가령 나는 여행하는 도시마다
수제버거를 먹으며 프랑스 버거의 강점은 치즈와 번,
독일 버거의 강점은 두툼한 패티, 미국 버거의 강점은
풍부한 속재료, 일본 버거의 강점은 재료 간 밸런스라는
사실을 알게 되었다. 이런 경험은 브리오슈 번과 어느 정도
지방이 함유된 패티로 구성된 균형 잡힌 버거를 선호하는
나의 취향으로 이어졌다. 다양한 영역에서 취향을
다듬어가는 과정이 외로움을 다루는 법과도 연결되어 있음을
느낀다. 타인과 좋은 관계를 맺는 가장 효과적인 방법은
애초에 나와 가장 잘 맞는 사람을 만나는 것이다. 나와 잘 맞는
사람, 함께 있어서 편하고 즐거운 사람 말이다.
사람에 대한 취향도 경험에 비례해 예리해지는 법.

#마케터의여행법

에필로그

쓸 수 있다면

"외로움에 대해 쓴다고?"

"외로움을 글로 쓸 수 있을까?"

외로움에 대한 책을 낸다고 했을 때 주변 사람들의 반응은 모두 비슷했다. 나 역시 처음에는 마찬가지였다. 외로움은 다른 이들에게 선뜻 말하기 망설여지는 감정인 데다, 외로움처럼 좀처럼 드러나지 않는 감정을 온전히 글로 풀어내기란 쉽지 않았다. 게다가 나라는 사람을 한마디로 표현하라면 꽤 이성적인 편이다. 평소 일상을 관찰하고 거기서 느끼는 것들을 연결해 나만의 관점을 만들어가는 글쓰기는 즐기지만, 개인적인 이야기를 하는 것은 나로서는 모험에 가까운 시도였다. 그것도 외로움이라는 낯선 주제로.

그런 내가 이 책을 쓸 수 있었던 것은 디지털, 그러니까 온라인이라는 존재 덕분이었다. 온라인은 오프라인과 또 다른 세상이다. 온라인과 오프라인을 완전히 떼어놓을 수는 없지만, 분명 온라인에서만 할 수 있는 이야기, 온라인에서만 튀어나오는 감정이 있다. 때로는 얼굴을 맞대고 말하는 것보다 메신저로 대화할 때 오히려 속내를 털어놓기 편한 것처럼, 온라인이어서 내려놓을 수 있는 순간이 있다. 무언가를 '쓴다'는 행위는 지극히 아날로그적인 속성을 띠는데도, 스마트폰으로 매 순간 스쳐 지나가는 감정을 남길 수 있었던 것은 그 때문일 것이다.

무엇보다 모두가 '연결'되어 있다는 기분은 온라인에서 편하게 글을 쓰게 해주었다. 나와 비슷한 환경에서 살아가는 사람부터 가치관이 달라 보이는 사람, 관심사가 비슷해 보이는 사람까지, 특별한 인연은 없지만 동시간대에 연결되어 있다는 지지감 덕분에 외롭지 않게 외로움을 쓸 수 있었다. 나만 아는 이야기를 그들과 공유하고 싶은 마음으로.

이 책은 외로움에 대해 쓴 책이지만, '1%의 외로움'이 반드시 외로움에 국한된 것만은 아니다. 우리는 누구나 마음속에 털어놓고 싶은 무언가를 안고 살아간다. 이 책이 당신의 이야기를 편하게 써내려갈 수 있는 계기가 되길 바란다. 반드시 외로움이 아니어도 좋다.

카모메 식당

외전

하지 않은 일(선택)에 대해 후회하지 않는 편이다. 그날의 사정상 아쉽게 타이밍을 놓쳤을 수도 있고, 다음에 또 해볼 기회가 올 테니까.

그럼에도 드물게 후회로 남는 것들이 있는데, 그중 하나가 헬싱키를 여행하는 동안 카모메 식당에 들르지 않은 것이다. 그렇다. 영화 〈카모메 식당〉의 실제 촬영지인 바로 그 식당이다. 기억을 되짚어보면 핀란드를 여행할 당시에는 그 영화의 매력을 오롯이 알지 못했던 것 같다. 같은 여행도 언제 누구와 가느냐에 따라 전혀 다른 시간이 되듯, 영화도 언제 어떤 마음으로 보느냐에 따라 감흥이 달라지는 법이니까. 〈카모메 식당〉을 처음 봤을 때는 살짝 밋밋한 영화라 생각했다. 그러다 우연히 다시 보고 미처 감지하지 못했던 포인트를 찾아내면서부터 주인공들의 대사가 마음을 건드리기 시작했다.

같은 북유럽이지만 힙한 코펜하겐, 중후한 스톡홀름과 달리 헬싱키는 다소 쓸쓸한 느낌의 도시다. 〈카모메 식당〉은 핀란드의 수도 헬싱키에서 자그마한 식당을 운영하는 세 명의 일본 여성과 손님들에 관한 잔잔한 이야기다. 핀란드 사람들도 일본인처럼 연어를 좋아한다는 이유로 헬싱키에 일식당을 차린 사치에, 세계지도에서 랜덤으로 가보고 싶은 도시를 찍어서 이곳에 왔다는 미도리, 공항에서 짐을 잃어버려 헬싱키에 발이 묶인 마사코가 영화를 이끌어가는 주요 인물로 등장한다.

처음 영화를 봤을 때는 예측 가능한 감정이나 상황이 너무 많아서 이렇다 할 감흥을 느끼지 못했다. 이를테면 주인공 사치에가 여행을 온 미도리에게 자신의 집에서 지내자고 권하는 것이나 사치에가 차려준 밥을 먹고 눈물을 흘린 미도리의 행동 같은 것들. 타국의 작은 도시에서 같은 나라에서 온, 그것도 마음이 맞는 친구를 만났을 때의 위안은 나 또한 파리에서 경험했던 것이니까. 결말도 그에 맞게 훈훈하다. 사치에가 혼자 운영할 때만 해도 좀처럼 손님이 오지 않던 카모메 식당은 셋이 힘을 합친 이후 자리를 잡는 데 성공한다. 물론 이런 해피엔딩이 영화의 전부는 아니다.

"조용하지만 친절하고 언제나 여유로워 보여서 핀란드 사람들은 다 그런 줄 알았어요. 슬픈 사람도 있네요."
"어디에 가든 슬픈 사람도 있고 외로운 사람은 외로운 거 아니겠어요?"
_영화 〈카모메 식당〉 중에서

그렇다. 어디에든(심지어 여유로워 보이는 북유럽에도) 외로운 사람은 있다. 고국을 떠난 사치에도 미도리도 마사코도 기본적으로 외로운 사람들이다. 그러나 그들은 식당을 찾는 손님(핀란드 사람)들의 외로움에 먼저 눈길을 보내고 손을 내민다. 핀란드 사람이지만 사회에 동화되지 못하고 일본 문화를 좋아하는 토미가 매일같이 카모메 식당에 오는 이유는 마음의 대화가 통하기 때문이다. 갑자기 남편이 떠난 충격으로 매일같이 술을 마신 채 식당 안을 노려보던 리사는 우연히 자신의 슬픔을 털어놓고 위로를 받는다. 말이 통하지 않는데도 말이다. 늘 수군대며 가게 앞을 지나던 핀란드 할머니 3인방을 식당의 단골손님으로 만든 건 일본의 가정식이 아니라 '시나몬 롤'이었다. 사치에가 애초 팔고 싶어 했던 오니기리가 아닌 헬싱키 사람들의 소울푸드를 만들어 판 것이다.

카모메 식당의 사람들은 식당에 찾아오는 외로운 손님들을 특별한 말로 위로하는 대신 정성스럽게 차려낸 음식과 공들여 내린 커피로 관심과 애정을 전했다. 그들도 외로웠기 때문에 가능한 배려다. 누군가를 위로하는 대신 '당신의 마음을 알고 있어요'라고 무언의 메시지를 전하는 것이다.

우리는 무언가를 갖지 못해 결핍을 느끼지만, 마음 둘 곳이 없을 때에도 결핍을 느낀다. 아무 말 없이 가만히 앉아 있다 일어나기만 해도 마음이 채워지는 곳이 있다면 어떨까? 말하지 않아도 내고민을 알아주는 곳이 있다면 어떨까? 영화 〈카모메 식당〉에도 그러한 장면이 나온다.

"여기 사람들은 왜 이렇게 여유로워 보일까요?"라고 혼잣말을 하는 마사코에게 핀란드인 토미가 말한다. "숲이에요. 여기엔 숲이 있거든요"라고. 마사코는 그 말을 듣자마자 숲으로 향한다. 숲에 간 그녀는 버섯을 따다 말고 바람에 흔들리는 나무를 한참 바라본다. 이 장면을 보면서 우리가 사는 도시에도 그 숲처럼 아무런 목적 없이 찾아갈 수 있는 공간이 생기길 상상했다. 굳이 구체적인 조건을 달아야 한다면 다른 누군가와 이야기를 나누기보다는 '내 이야기'를 쓸(할) 수 있는 곳이면 좋겠다. 쓰면서 나를 더 알아가는 곳이면 좋겠다. 내가 어떤 사람인지 밝히지 않고 나에 대해 쓸 수 있는 곳, 가끔은 다른 사람들의 이야기에 공감을 표현할 수 있는 곳이어도 좋겠다. 온라인이어도 좋고 오프라인이어도 좋다. 지금도 이따금 카모메 식당에 가고 싶은 이유다.

외로움을 씁니다

1%의 외로움, 나만 아는 이야기

초판 1쇄 발행 2020년 6월 20일

지은이 김석현
펴낸이 권정희
펴낸곳 (주)북스톤
주소 서울특별시 성동구 연무장 7길 11, 8층
대표전화 02-6463-7000
팩스 02-6499-1706
이메일 info@book-stone.co.kr
출판등록 2015년 1월 2일 제2018-000078호
ⓒ 김석현(저작권자와 맺은 특약에 따라 검인을 생략합니다)
ISBN 979-11-87289-88-3 (03810)